Édition et conception : Unique Heritage Editions SAS. 141 boulevard Ney, 75018 Paris
Textes : Vincent Mottez
Illustrations et création graphique : Bruno Wennagel
Assistants illustration : Zacharie Defossez, Thomas Azevedo, Mathieu Ferret
Modèle : Louise Dumont
Direction artistique : Kagna Toung
Édition : Albin Quéru

L'éditeur tient particulièrement à remercier Xavier Hélary,
professeur d'histoire du Moyen Âge à l'université Jean-Moulin-Lyon-III.

Siège social : 141 boulevard Ney, 75018 Paris

Fabriqué par Labelfab, www.labelfab.fr
Achevé d'imprimer en Belgique par Delabie

Dépôt légal septembre 2022
Loi n° 49-956 du 16 juillet 1949 sur les publications destinées à la jeunesse

Moi JEANNE D'ARC

LA PLUS BELLE FIGURE DE L'HISTOIRE DE FRANCE

Existe-t-il dans l'histoire une figure plus attachante que celle de Jeanne d'Arc ? Sans doute pas. Parmi tous les grands personnages que l'histoire d'autrefois mettait en avant à l'école, seule Jeanne reste intacte, et l'on s'y intéresse toujours autant. Une femme, et même une jeune fille, venue des confins du royaume, inspirée par ses voix et son attachement à son roi, fait irruption au premier plan ; par son charisme et sa détermination, elle renverse le cours des choses, libère Orléans, met les Anglais en déroute et convainc Charles VII d'aller chercher son sacre à Reims. Extraordinaire printemps 1429 ! L'échec contre Paris, la relégation loin du roi, la sortie fatidique devant Compiègne introduisent à la seconde partie de la vie de Jeanne. Sa captivité, puis son procès : comment ne pas s'émouvoir de l'attitude digne et résolue qu'affiche alors Jeanne ? Comment ne pas vibrer aux réponses qui clouent le bec de ses juges ? Comment ne pas compatir à sa douleur lors de sa mort sur le bûcher ? Victime d'un évident procès politique, condamnée par avance, Jeanne est exemplaire jusqu'au bout, même si elle nous touche aussi par ses moments de faiblesse : au cours de sa captivité, à Beaurevoir, elle risque une évasion qui cache peut-être une tentative de suicide ; au cimetière Saint-Ouen, le 23 mai 1431, conduite devant le bûcher, elle abjure ses erreurs pour sauver sa vie, avant de se reprendre, quelques jours plus tard, et d'accepter un sacrifice qui sera loin d'être vain. L'historien doit le dire : dans l'aventure de Jeanne d'Arc, telle qu'on va la lire ici, tout est vrai.

C'est que les contemporains, dès le printemps 1429, ont été fascinés par cette toute jeune fille. En France et dans l'Europe entière, ils ont beaucoup écrit sur elle : des lettres, des traités, des chroniques. Par la suite, ses juges ont été tellement fiers du procès qu'ils lui faisaient qu'ils ont voulu en garder la trace en faisant copier les pièces de la procédure, et surtout, aubaine pour nous, les questions posées à Jeanne et ses réponses – sur les cinq exemplaires alors dressés, trois sont parvenus jusqu'à nous. En 1456, enfin, pour préparer l'annulation de la condamnation, Charles VII a fait recueillir les dépositions de celles et ceux qui, à Domremy puis au fil de son épopée, avaient connu Jeanne : autant de témoignages la valorisant, évidemment, mais qu'on peut croire authentiques pour l'essentiel. Le roi lui-même, malheureusement, ne crut pas bon de témoigner. Il aurait eu pourtant beaucoup à raconter : que lui a dit Jeanne, lors de leur première rencontre, pour qu'il la croie ? Comment l'a-t-elle convaincu de lui faire confiance, de la laisser prendre place dans l'armée, puis de la suivre à Reims ? Il reste donc bien sûr une part de mystère dans l'extraordinaire épopée de Jeanne, tout particulièrement autour des voix : elle n'en dévoile l'existence que tardivement, au cours de son procès, au grand étonnement de ses juges, et c'est l'occasion de rappeler que les médiévaux, s'ils croyaient généralement en Dieu, se méfiaient du surnaturel. Néanmoins, grâce à cette masse considérable de documents et de témoignages, que des générations d'historiens ont étudiés, expliqués, publiés, nous en savons plus sur Jeanne d'Arc que sur toutes les femmes et tous les hommes du Moyen Âge – y compris les rois et les reines !

Présentée au lecteur à la première personne, la vie de Jeanne d'Arc puise ici aux meilleures sources. Par le texte comme par le dessin, en usant de leur imagination pour interpréter les faits, Vincent Mottez et Bruno Wennagel ont parfaitement rendu compte de la force et du charisme de la jeune héroïne, depuis son enfance, marquée par les voix, jusqu'à son supplice. Leur œuvre est un bel hommage à la Pucelle, et une sûre introduction à son histoire. Loin de toutes les récupérations, loin des fantasmes qui en font une bâtarde de la famille royale ou qui la croient échappée du bûcher, Jeanne reste la plus belle figure de la longue histoire de la France.

Xavier Hélary
Professeur d'histoire du Moyen Âge
à l'université Jean-Moulin-Lyon-III

« En ce temps-là se lèvera Michel, le grand chef, le défenseur des enfants de ton peuple ; et ce sera une époque de détresse, telle qu'il n'y en a point eu de semblable depuis que les nations existent jusqu'à cette époque. »

Daniel, 12:1

JEANNE, RÉVEILLE-TOI.

SAINT MICHEL ?
OÙ SUIS-JE ?
MON DIEU... COMME J'AIMERAIS NE PAS LE SAVOIR...
JE VOIS, JE SENS, J'ENTENDS... JE VIS. J'APPARTIENS ENCORE À CE MONDE.
DEMAIN, JE SERAI MORTE.

ON VA BRÛLER MON CORPS.
MES PIEDS, MES JAMBES, MON VENTRE, MES BRAS, MA TÊTE...
ON VA ME BRÛLER VIVE.
POURQUOI TANT DE CRUAUTÉ ?
POURQUOI FAUT-IL QUE MON CORPS, QUI NE FUT JAMAIS CORROMPU, SOIT BIENTÔT RÉDUIT EN CENDRES ?
AH ! J'AIMERAIS MIEUX ÊTRE DÉCAPITÉE SEPT FOIS !
MESSIRE DIEU, ROI DU CIEL,
VOUS QUI POUVEZ TOUT, SI VOUS LE VOULEZ,
ÉCARTEZ-MOI DE CE CHEMIN DE DOULEUR...

29 mai
1431
Rouen

Voilà cinq mois que Jeanne d'Arc, âgée d'environ dix-neuf ans, est emprisonnée dans le château de Rouen et vit dans des conditions extrêmement pénibles, soumise à toutes les privations et à toutes les humiliations. Vendue aux Anglais par leurs alliés bourguignons, elle a dû affronter seule pendant plus de trois mois un procès de foi, mené par des docteurs de l'Université de Paris acquis à la cause du roi d'Angleterre. Après plusieurs rebondissements, ce procès en sorcellerie, éminemment politique malgré sa forme religieuse, s'achève sur sa condamnation à être brûlée vive en tant qu'hérétique. Le 29 mai, l'exécuteur de citation vient informer Jeanne que son supplice aura lieu le lendemain.

J'aperçois des oiseaux dans le ciel à travers mes barreaux. Ils volent à tire-d'aile dans le petit matin blême… Où êtes-vous, mes compagnons ? Que faites-vous, mon roi ? Que ne venez-vous me délivrer ? Je souffre à la seule pensée que vous m'ayez abandonnée. Hélas, tout le monde m'a abandonnée. Pas mes Voix ! Saint Michel. Sainte Catherine. Sainte Marguerite. Vous êtes là, avec moi. Je le sais. Je le sens. Je n'ai jamais eu autant besoin de vous. Seigneur, qu'il est triste de mourir quand on n'a même pas vingt ans ! Les filles de mon âge sont déjà mariées, elles s'occupent de leur foyer. Elles peuvent entendre la messe. Elles peuvent marcher dans la campagne en fleurs, sans se soucier du lendemain. Mon lendemain à moi, ce sera le dernier de ma courte vie… Mais quelle vie, mon Dieu ! Tout est allé si vite. J'ai vu des choses que les filles de mon âge ne verront jamais.

J'ai parcouru plus de mille lieues à cheval. J'ai vu des petits hameaux perdus et des villes capitales. D'humbles clochers et de fières cathédrales. J'ai traversé d'épaisses forêts et des rivières à gué. J'ai vu tant de paysages. J'ai vu mille visages. Des princes, des évêques, des cardinaux, des capitaines, des maréchaux… Et tant de braves gens du peuple de France. J'ai vu la liesse et la souffrance. J'ai vu tomber des forteresses et sacrer un roi à Reims. J'ai connu la joie de la victoire et le goût amer de la défaite, de la lâcheté, de la trahison. J'ai vu tant de soldats mourir à mes côtés. J'ai entendu le fracas des armes, le vacarme, les cris et les larmes. J'ai senti l'odeur âcre de la poudre. Les carreaux d'arbalètes ont sifflé à mes oreilles. J'ai été blessée dans ma chair. J'ai senti la terre trembler sous les sabots de lourds destriers. J'ai vu tout cela, moi, Jeanne.

Voilà que tant d'images ressurgissent ! Le tintement des épées, emporté par le vent, résonne encore en moi. J'ai risqué maintes fois ma vie ces dernières années, sans jamais douter, et maintenant que ma vie est réduite au néant d'une obscure prison pleine de vermine, mille questions tourbillonnent dans ma pauvre tête. Je ferme les yeux. Je me souviens de chaque instant. Je me souviens de mes parents, de mon village, de mes amies. Je me revois, petite fille, marcher dans l'herbe mouillée par la rosée, tremper mes pieds dans l'eau fraîche de la rivière, écouter le chant d'un chardonneret ou d'un pinson. Le temps des labours, le temps des moissons. Je me souviens…

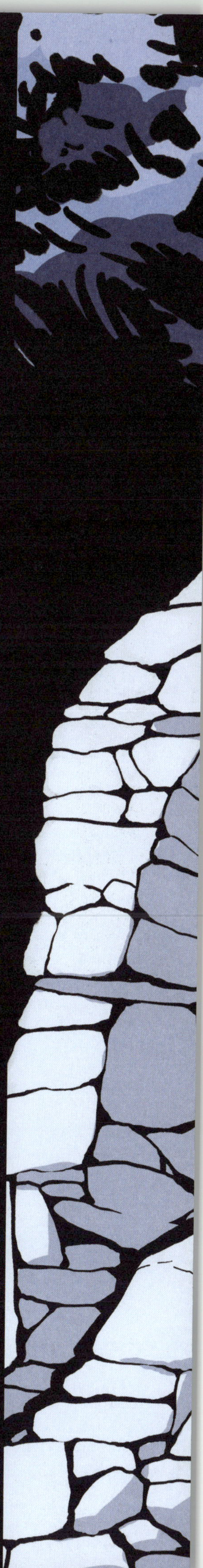

CHAPITRE II

1419
Domremy

Jeanne d'Arc est née dans le village de Domremy, situé dans la vallée de la Meuse, aux marches de la Champagne, du Barrois et de la Lorraine, sur un territoire frontalier du Saint Empire, rattaché à la châtellenie de Vaucouleurs, soit sous l'autorité du roi de France. Le registre paroissial n'étant pas encore tenu, la date exacte de sa naissance est incertaine mais la tradition s'est fixée sur le 6 janvier 1412. Jeanne, ou Jehanne, selon l'orthographe de l'époque, est la fille de Jacques d'Arc, laboureur, et d'Isabelle Rommée. Sa famille, relativement aisée, est propriétaire d'une vingtaine d'hectares de terres et compte parmi les notables de Domremy.

Je suis une fille de la campagne. Une paysanne. Une fille de la frontière. Une fille de la rivière. Plus que tout, je suis une fille de France. Je suis née aux confins du royaume des Lys, dans cette vallée de la Meuse où les hommes passent, mais ne s'arrêtent guère. Sur la rive gauche de la rivière, Domremy penche certes du côté de la France, mais le village est bien loin de la cour. Les régions à la marge ont, ce me semble, un sentiment d'appartenance au royaume plus aigu que dans les capitales. Elles se sentent toujours convoitées, menacées par les voisins. Elles sentent l'urgence. Elles sont les sentinelles, en première ligne, toujours aux aguets.

J'ignore la date de ma naissance, mais j'aime à croire que ce fut un 6 janvier, le jour de l'Adoration des Mages. Quand ma mère préparait le gâteau des rois au froment, elle me laissait entendre que cette jolie fête était aussi un peu la mienne. C'est peut-être mon orgueil qui place ma naissance sous les bons auspices de l'Épiphanie de Notre Seigneur Jésus-Christ. Le nom de mon village évoque le saint évêque de Reims qui a sacré Clovis, le premier roi des Francs. C'est à saint Remy que notre paroisse est consacrée. Étais-je destinée à servir Dieu et le roi ?

Il y a dans mon village une trentaine de familles qui se connaissent toutes. On salue la mienne avec respect, car mon père, Jacques, possède des terres et assure parfois le rôle de procureur de Domremy auprès du châtelain de Vaucouleurs, Robert de Baudricourt. Mon père est d'un naturel un peu bougon, mais c'est un homme brave qui ne ménage pas sa peine. Ma mère, Isabelle, est la bonté même. Toujours de bonne humeur, elle s'occupe du logis et de mes frères et sœurs. J'ai trois frères aînés, Jean, Jacquemin et Pierre, et une grande sœur, Catherine. Je suis la petite dernière, Jeannette, ainsi que tout le monde m'appelle.

Ni riches ni pauvres, mes parents sont des paroissiens de bonne renommée, maîtres de leur chaumière. Ils exercent l'honnête métier de laboureur. Il m'arrive parfois de sarcler le jardin, d'aider aux moissons ou de garder le troupeau de brebis, selon la volonté de mon père. Mais je passe le plus clair de mon temps près de l'âtre à coudre et à filer pour fabriquer des draps de lin. Je n'ai pas mon pareil pour manier le rouet, l'aiguille et le fuseau. Je rapièce les chemises de mes frères et couds des cottes de lainage teint à la garance. Ma mère prétend que je suis la meilleure fileuse de toute la vallée !

Depuis notre maison, je vois moutonner le Bois chenu, à l'orée duquel se trouve l'arbre aux Dames. C'est un hêtre colossal qui, selon les vieilles croyances, abriterait des fées. L'une de mes marraines dit en avoir déjà vu, mais pas moi. À vrai dire, je ne crois guère à ces superstitions contre lesquelles l'Église nous met en garde. Mais j'aime flâner près de cet arbre avec mes voisines et amies, Hauviette et Mengette, et ma sœur Catherine. Nous allons nous rafraîchir sous ses branches parfumées puis, non loin, au bord de la fontaine des Groseilliers.

Nous ramassons des châtaignes dont nous remplissons nos poches. Nous cueillons des fleurs pour en faire des bouquets. Nous épions les écureuils, les mésanges et les chardonnerets. Nous guettons les premiers frémissements du printemps dans le mouvement des nuages, le gazouillis des oiseaux, le clapotis des ruisseaux, dans les bourgeons qui annoncent les premières frondaisons. Je ne sais ni lire ni écrire, mais j'ai appris au gré des promenades le langage immémorial des saisons.

Il y a autre chose que je connais sur le bout des ongles : le *Pater*, le *Credo* et l'*Ave Maria*. Les prières élémentaires que ma mère a placées dans mon cœur dès ma plus tendre enfance. L'église est voisine de la maison de mon père. Au petit matin, l'ombre de son clocher plonge dans notre jardin, comme un appel à trouver la lumière entre ses vieilles pierres. Dès que je le peux, je pousse sa lourde porte et vais me recueillir pendant quelques minutes, parfois des heures. Je me confesse et communie dès que l'occasion m'est donnée.

Parfois, nous allons avec mes amis et ma sœur en pèlerinage jusqu'à Notre-Dame-de-Bermont. Nous apportons des offrandes à la Très Sainte Vierge Marie, une belle madone couronnée portant un sceptre coiffé d'un lys dans une main et l'Enfant Jésus dans l'autre. Nous la revêtons de guirlandes de fleurs et l'illuminons de nos cierges. Comme j'aime la Bienheureuse Marie, que le Seigneur a choisie et qui se déclare son humble servante !

Mieux vaut se hâter pour rentrer, car dès la tombée du jour, le Bois chenu est couru par des sangliers et des loups. On craint les loups qui, aux dires des anciens, n'ont jamais été aussi nombreux dans nos contrées, et qui, depuis peu, rôdent jusqu'aux abords de notre village. Mais il y a plus à craindre que les loups. D'autres bêtes, plus féroces encore, sèment la terreur et la mort…

CHAPITRE III

1420

Apocalypse

Jeanne d'Arc grandit en pleine guerre de Cent Ans, à la fin du règne désastreux de Charles VI, dit « le Fol ». Elle a huit ans quand est conclu, le 21 mai 1420, le traité de Troyes par lequel le dauphin de France, futur Charles VII, est déshérité au profit du roi d'Angleterre. Légitimé par l'alliance des Anglais et du duc de Bourgogne, Philippe le Bon, ce traité livre la couronne de France à l'Angleterre, qui occupe tout le nord de la France, et ouvre une nouvelle phase de la guerre civile. Cette dernière oppose les soutiens du dauphin, appelés les Armagnacs et repliés au sud de la Loire, aux Bourguignons qui tiennent Paris et étendent leur domination jusque dans les Flandres.

LES TEMPS SONT SINISTRES.
NOUS VIVONS DANS LA TERREUR.
UN FLÉAU SE RÉPAND DANS LES CAMPAGNES.
LES ROUTIERS, LES ÉCORCHEURS...
DES MERCENAIRES OU DES SOLDATS DÉSŒUVRÉS QUI MÈNENT UNE GUERRE À LEUR AVENTURE.
ILS PEUVENT SURGIR À TOUT MOMENT POUR PILLER, RANÇONNER ET METTRE LES VILLAGES À SAC.

CES SOUDARDS SE LIVRENT AUX PIRES ATROCITÉS.
CERTAINS, DIT-ON, FORCENT LES ÉGLISES ET FONT MANGER L'AVOINE À LEURS CHEVAUX SUR L'AUTEL VÉNÉRABLE.
ILS RÉPANDENT LA MORT ET SÈMENT LE CHAOS.

Comment le noble royaume de Saint Louis en est-il arrivé là ? Après avoir été béni de Dieu pendant des siècles, il semble en proie à la malédiction tant les pires calamités s'abattent sur lui. Tout avait commencé, je crois bien, quand le roi d'Angleterre s'était cru permis de revendiquer la couronne de France après la mort sans héritiers du dernier fils de Philippe le Bel. L'héritage revenait pourtant de droit aux Valois. Car jamais France ne saurait échoir à l'Anglois ! Hélas, les Godons persistaient dans leurs outrageuses prétentions. Les « Godons », c'est ainsi que nous appelons avec mépris les Anglais, car ils ajoutent l'impiété à l'impudence en jurant *God damn* à tout bout de champ. Le blasphème à la bouche et l'arme au poing, ils déferlaient sur la France, tels des fourriers de Satan. À Crécy ou à Poitiers, ils infligèrent de cuisantes défaites à notre armée, pourtant conduite par les plus nobles seigneurs.

Le roi Charles V, dit « le Sage », avait bien œuvré pour reconquérir son royaume, mais tout était retombé en quenouille avec son fils, Charles VI, qui, loin d'être sage, était devenu fol à la fin de son règne. Ses oncles se disputaient la régence, à commencer par le puissant duc de Bourgogne, qui avait Paris sous son emprise. L'Évangile nous met pourtant en garde. « Tout royaume divisé contre lui-même est dévasté ». Je ne connais, moi, qu'un seul parti qui vaille, celui de la France. Je n'avais que trois ans quand eut lieu la funeste bataille d'Azincourt, qui décima la fine fleur de la chevalerie française. Ceux qui survécurent m'ont maintes fois raconté ce désastre.

Ainsi se déchiraient les Français, à mesure que le roi sombrait dans la folie. Car peut-on être sain d'esprit pour accepter de déshériter son fils et de céder la couronne à l'ennemi ? Peut-on concevoir pire félonie ? Le honteux traité de Troyes avait été ourdi par le duc de Bourgogne, avec la complaisance de la reine Isabeau de Bavière. Cette méchante femme avait trop d'empire sur le roi dément. On racontait qu'elle se livrait à l'adultère et que le dauphin Charles n'était point fils du roi. Quant au duc du Bourgogne, il trouvait l'occasion de venger la mort de son père, Jean sans Peur, assassiné sur le pont de Montereau en présence du dauphin quelques mois avant ce maudit traité de Troyes. Mais le duc Jean n'avait-il pas lui-même fait occire auparavant le propre frère du roi ? Le mal ne faisait que s'ajouter au mal.

Charles VI et Henri V d'Angleterre sont tous deux morts deux ans après le traité de Troyes. Le fils d'Henri n'était qu'un enfant. Ses oncles, dont le duc de Bedford, prétendu gouverneur de Paris, furent nommés régents en attendant sa majorité. Les Anglais profitaient ainsi de la désunion pour profaner la bonne terre de France qu'ils croyaient leur. Hélas, des Français se mirent à le croire aussi. Le désespoir ou la lâcheté leur pesaient tant qu'ils reniaient leur roi et leur patrie. Même le dauphin Charles doutait de sa légitimité, prêtant trop l'oreille aux médisants qui le disaient bâtard. Il s'était réfugié au sud de la Loire et songeait à quitter le royaume pour trouver asile en Écosse. On le surnommait le « petit roi de Bourges » tant il était faible et pauvre, soutenu par une poignée de fidèles et cerné par des coteries. Le saint royaume des Lys fanait à vue d'œil et semblait sur le point de s'éteindre. Certains prétendaient que même Dieu nous avait abandonnés, comme si les Français s'étaient rendus coupables de quelque sacrilège et ne méritaient plus Son insigne faveur.

Ces années désastreuses donnaient un avant-goût de l'apocalypse, tant notre pays était livré aux pires fléaux. Des compagnies de brigands ravageaient les campagnes, telles des hordes démoniaques. Ils tuaient les hommes, violaient les femmes et brûlaient les villages sur leur passage. Le nôtre n'était pas épargné, car Domremy se trouvait sur la route qui reliait les deux grands territoires du duché de Bourgogne. Le passage des soldats du duc rendait les routes dangereuses. On voyait partout dans le pays des maisons réduites en cendres, des hameaux rasés et des paroisses abandonnées. Les trois flèches de l'Apocalypse, la peste, la guerre et la famine, frappaient le royaume et faisaient couler le sang de France.

Mais dans cette vision de l'enfer brillait encore une lueur d'espoir. Le Mont-Saint-Michel résistait vaillamment au siège que lui imposaient les Godons, qui occupaient toute la Normandie. Leurs assauts se brisaient contre ses hautes murailles. Oh ! saint Michel… Chef de la milice céleste, saint protecteur du royaume de France, bel archange qui terrassera la bête à la fin des temps… N'était-ce pas un signe que Dieu nous adressait ? Entre ciel et mer, saint Michel sur son rocher veillait sur le royaume ! Je priais de toute mon âme pour que le mont en péril tienne bon face à l'envahisseur. Dieu allait-il entendre mes suppliques ? Allait-Il me répondre ?

CHAPITRE IV

1425
Voix

Jusqu'à sa mort, Jeanne sera guidée par des voix célestes qui, selon ses dires, sont celles de l'archange saint Michel, de sainte Marguerite et de sainte Catherine. Jeanne dira même avoir vu les saints « de ses yeux corporels ». Les voix se manifestent à elle pour la première fois lorsqu'elle a environ treize ans. Elle dira les entendre tous les jours pendant sa jeunesse, sans en parler à personne, ni au curé de sa paroisse ni à quiconque de son entourage. Ses voix forment son « Conseil ». Elles lui annoncent qu'elle a été choisie par Dieu pour sauver le royaume de France et lui commandent d'aller au secours du dauphin en vue de le faire sacrer à Reims. Si les historiens se gardent, avec raison, de porter un jugement sur cet aspect surnaturel de la vie de Jeanne d'Arc, il sera pourtant essentiel dans la suite de son parcours et pèsera lourd dans son procès.

J'AI ENVIRON TREIZE ANS.
JE MARCHE DANS LA CAMPAGNE, À L'ORÉE DU BOIS CHENU, PRÈS DE L'ARBRE AUX FÉES.
QUAND SOUDAIN...
JE SENS QUELQUE CHOSE D'INHABITUEL.
QUELQUE CHOSE QUI M'APPELLE.
VOILÀ QUE ÇA RECOMMENCE.

Jeanne, fille de Dieu

LES PREMIÈRES FOIS, JE CÈDE À LA PANIQUE.
JE ME DEMANDE SI JE SUIS FOLLE…
SI JE RÊVE.
J'AI SI PEUR.
POURQUOI MOI ?
QUI ÊTES-VOUS ?

IL ME SEMBLE QUE C'EST UNE DIGNE VOIX.
SERAIT-CE LA VOIX D'UN ANGE ?

Garde la foi
Fais voeu de chasteté
Le Roi du Ciel

t'a choisie pour sauver la France
Fille de Dieu, va,
va, je serai à ton aide, va

Je me souviens de la première fois. Ce jour-là, il fait beau. Il fait chaud. J'ai envie de sortir, de faire un tour à la fontaine pour me rafraîchir. À peine passé le seuil de notre chaumière, je sens quelque chose dans l'air. Il y a comme un murmure dans le vent, un écho lancinant dans la volée de cloches. J'aperçois une nuée étincelante qui fend les cieux. Puis vient cette voix, environ l'heure de midi, au temps de l'été, dans le jardin de mon père : « Jeanne. » La voix s'adresse à moi. Elle m'appelle. Une grande clarté l'accompagne. Elle vient du côté de l'église. Je ne vois pourtant personne. J'ai d'abord grand'peur. Rien ne m'y avait préparée. Rien ne l'avait annoncée. La voix me demande d'apprendre à me gouverner. Ce n'est que plus tard que je comprendrai le sens de ce premier commandement. Me gouverner. Je dois apprendre à chasser la peur, à me montrer digne de ce que le Ciel attend de moi. Je suis bien trop effrayée. Je m'enfuis en courant, en tremblant.

Le lendemain, il ne se passe rien. Mais le surlendemain, en marchant entre l'arbre aux Fées et la fontaine des Groseilliers, je sens le même murmure dans le vent, un frémissement dans le feuillage. Et de nouveau, une grande clarté. Dans la nuée étincelante m'apparaît alors une armée d'anges tout de blanc vêtus. Au milieu d'eux, un être radieux, un beau prud'homme, lui aussi vêtu de blanc, avec de grandes ailes. C'est saint Michel ! Le prince des archanges, en personne. Je sais que c'est lui, car il se nomme devant moi. Il me redit l'importance de savoir me gouverner. Il me recommande d'aller souvent à l'église et de bien prier. Il m'incite à faire vœu de chasteté. Il me dit aussi que des saintes viendront bientôt se manifester à moi : sainte Catherine et sainte Marguerite.

Sainte Catherine et sainte Marguerite m'apparaissent. Elles sont belles et parées de pierreries. Elles parlent un beau langage. Elles m'invitent à être bonne enfant. Puis elles me racontent la grande pitié qui est au royaume de France. Je n'ai plus peur de mes Voix, mais je ne comprends pas exactement ce qu'elles attendent de moi. Elles m'annoncent que j'ai été choisie par le Roi du ciel. Elles me disent que je suis « Jeanne la Pucelle » et qu'un jour viendra où je devrai quitter mon village pour accomplir des actions merveilleuses. Elles m'invitent à mettre mon âme en paix, car je serai bientôt chef de guerre. Moi, Jeanne, j'étais choisie par Dieu pour sauver le royaume de France !

Sauver la France ? Moi qui ne suis qu'une pauvre fille, qui ne sais ni chevaucher ni faire la guerre, moi qui ne sais ni A ni B. Comment le pourrais-je ? Mes Voix me disent de ne rien craindre, de m'en remettre à la volonté du Roi du ciel, de suivre le chemin qu'Il m'indiquera. Comme il est difficile de me faire à cette idée ! Mais comment remettre en question des paroles qui viennent de Dieu par l'intercession de ses saints ? Sainte Marguerite est douce, humble et gracieuse. Sainte Catherine est celle qui se manifeste le plus souvent à moi. La sainte à l'épée, celle qui s'est donnée comme épouse au Christ et qui a tenu tête à l'empereur romain. Sainte Catherine et sainte Marguerite… Deux vierges, deux martyres, deux saintes. Elles sont mes Voix. Elles me montrent la voie.

Et puis saint Michel ! Le bel archange qui veille sur le royaume de France, depuis son rocher cerné par les Anglais. Il avait entendu mes prières. Comment pourrais-je alors ignorer ses commandements ? Mais je ne puis en parler à personne, ni à mon père, ni à ma mère, ni même à notre curé. Je garde pour moi le secret. Je fais comme si de rien n'était, car je sais que l'on ne me croirait point. Et pourtant, qu'y aurait-il de si troublant pour un bon chrétien ? Dieu n'avait-il pas parlé à Moïse pour lui commander de libérer son peuple d'Égypte et de le guider vers la Terre promise ? L'Évangile ne parle-t-il pas d'une « voix qui sort de la nuée » pour indiquer aux hommes que « Celui-ci est mon Fils bien-aimé » ?

Les années passent. Les Voix se manifestent de façon plus régulière. J'apprends même à les faire venir à moi, particulièrement à l'heure de matines ou de complies. Mes seize ans révolus, elles deviennent de plus en plus pressantes. Elles me disent que l'heure est venue. Elles me commandent de quitter mon foyer pour aller en France au secours du dauphin et bouter les Anglais hors du royaume. Elles disent qu'elles m'accompagneront et m'aideront. Elles m'indiquent que je dois d'abord aller à Vaucouleurs trouver Robert de Baudricourt, capitaine de la place, lequel me baillera des gens pour me conduire jusqu'au dauphin. Je sais que cela paraît insensé ! Rien que d'y penser, j'en ai le vertige. Je préférerais continuer à filer la laine dans la chaumière de mon père et ne pas m'exposer à tant de périls si je n'avais la certitude que Messire Dieu menait l'affaire. Je suis sa dévouée servante. Je dois obéir à Sa Volonté. Je dois m'en aller.

CHAPITRE V

1428
Vaucouleurs

Après l'incendie de Domremy commis par des bandes armées en 1428, Jeanne d'Arc quitte son village au mois de mai, sans en avertir sa famille. Elle a demandé à l'époux de sa cousine, Durand Laxart, de l'accompagner jusqu'à Vaucouleurs, forteresse voisine de Domremy, aux confins du royaume de France. Comme ses voix le lui ont commandé, elle demande audience au capitaine de la place, Robert de Baudricourt, en vue d'obtenir une escorte pour rejoindre le dauphin à Chinon. Baudricourt, pour le moins sceptique, refuse d'abord de la rencontrer, mais Jeanne lui oppose une détermination qui lui vaut le soutien croissant de la population.

Adieu ma mère. Adieu mon père. Adieu mes frères. Adieu mes amies. Adieu ma paroisse. Adieu mes bêtes. Adieu ma rivière, mes prés et mes bois. Mon cœur est déchiré de vous quitter. Je m'en veux d'être partie sans la permission de mes parents. Mais je ne pouvais pas faire autrement. Je n'ai que seize ans. Ils n'auraient jamais laissé leur fille partir sur les routes malfamées avec des gens d'armes ! Ils caressent pour moi de plus sages desseins, m'ayant promise à un jeune homme de Neufchâtel. Je n'ai pourtant rien promis, moi. Avant mon père, j'obéis d'abord à la volonté du Roi du ciel. J'ai fait vœu de chasteté. Désormais, je ne m'appartiens plus. Je suis la dévouée servante du Seigneur.

Mon cousin Laxart m'accompagne jusqu'à Vaucouleurs, où je demande audience auprès du capitaine Robert de Baudricourt. Malgré mon insistance, celui-ci refuse d'abord de me recevoir. Il se contente de dire à mon cousin de me renvoyer chez mon père avec une paire de claques pour tout potage ! Il finit par m'accorder audience. C'est un peu avant la fête de l'Ascension. Baudricourt m'écoute d'une oreille distraite, me faisant sentir qu'il perd son temps à ouïr ce qu'il considère comme les divagations d'une illuminée. Las ! je dois rentrer chez moi. Mais c'est pour mieux revenir à la charge. C'est à lui de céder, pas à moi.

Je fais le siège du château, en attendant que Baudricourt daigne me prendre au sérieux. Je loge pendant tout ce temps chez le couple Royer dont l'épouse, Catherine, me témoigne de l'affection. Elle est la première à croire en moi. Je vais tous les jours dans la crypte du château me recueillir devant la statue de Notre Dame des Voûtes. Peu à peu, les habitants de Vaucouleurs commencent à s'émouvoir de mon obstination et de ma ferveur. Je déplore à qui veut l'entendre la grande pitié du royaume de France. Je m'efforce de rallumer la flamme de l'espoir dans le cœur de ce peuple mortifié par la guerre. Je lis dans les yeux des habitants une grande attente, une espérance. Le peuple voit en moi la « Pucelle de Lorraine » dont parlent les prophéties. C'est à croire que le sort de la patrie importe plus aux petites gens qu'aux clercs et aux seigneurs, toujours prompts à trahir.

Tandis que Robert de Baudricourt continue d'ignorer mes « rêveries de péronnelle », une terrible nouvelle parvient à Vaucouleurs pendant l'automne. Elle fait l'effet d'un coup de tonnerre. Les Godons sont aux portes d'Orléans. Ils assiègent la ville, qui résiste encore à leurs assauts derrière ses remparts. Mais pour combien de temps ? Si Orléans venait à tomber, les Anglais auraient la voie libre pour passer la Loire et envahir le sud de la France. C'en serait fini du royaume des Lys. Mes Voix m'instruisent de cette catastrophe et m'exhortent à porter secours au roi avant la mi-carême. Elles me dévoilent les quatre prédictions qui forment ma mission : les Anglais lèveront le siège d'Orléans ; le roi sera sacré à Reims ; Paris rentrera dans le domaine royal ; le duc d'Orléans reviendra de sa captivité en Angleterre.

Mais comment convaincre Baudricourt de me bailler une escorte pour aller devers le dauphin ? Mes Voix me viennent en aide en me révélant le désastre de la journée des Harengs, où les soldats français essuyèrent une humiliante défaite en attaquant des convois anglais. Quand un messager du roi porte plus tard la nouvelle à Vaucouleurs, Robert de Baudricourt commence à changer de ton. Il me considère enfin avec sérieux. Tout le pays bruisse mon nom avec espérance. Ma réputation traverse les frontières, jusqu'aux oreilles du duc Charles II de Lorraine, malade, qui voudrait que je le soigne. Mais je ne suis ni guérisseuse ni magicienne. Je lui conseille simplement de répudier sa maîtresse et de rester fidèle à son épouse s'il veut rentrer en grâce. Pourquoi les hommes ont-ils tant le souci de la santé de leur corps quand leur âme est en grand péril ? Baudricourt m'accorde une autre audience, où il montre de la bonne volonté, mais non sans demander d'abord à un curé de m'exorciser, craignant que je ne sois l'instrument du Malin. Que de temps perdu pendant qu'Orléans crie au secours !

Enfin rassuré, Baudricourt accepte de m'aider en me baillant une escorte de six soldats. Les braves habitants de Vaucouleurs déboursent leurs propres deniers pour me fournir chaperon, gippon, aiguillettes et guêtres. La veille du départ, je vais faire mes dévotions à saint Nicolas, patron du duché de Lorraine. Baudricourt me tend la lettre de recommandation pour accéder au roi. Il m'offre même une épée en me lançant ces mots : « Va, fille de Dieu, et advienne que pourra. » Il reste un dernier détail à régler avant mon départ…

ON NE ME PRENDRA JAMAIS AU SÉRIEUX TANT QUE L'ON NE VERRA EN MOI QU'UNE « FILLE ».
EH BIEN, SOIT !
L'ALLURE PROTÈGE PARFOIS PLUS QUE L'ARMURE...
JE DÉCIDE DE PRENDRE DES HABITS D'HOMME ET DE ME COUPER LES CHEVEUX EN ÉCUELLE.
JE NE SUIS PAS UNE DONZELLE.

JE SUIS JEANNE LA PUCELLE.

13 février

1429

Voyage

Le 13 février 1429, Jeanne d'Arc quitte Vaucouleurs pour aller rencontrer le dauphin à Chinon. C'est un voyage périlleux de plus de cinq cents kilomètres qui durera onze jours. L'itinéraire traverse des territoires sous la domination des Bourguignons et des Anglais. Sa réputation commence à dépasser les frontières de sa région. Jeanne risque de tomber sur des soldats ennemis à tout moment. Âgée d'à peine dix-sept ans, elle est accompagnée d'une escorte de six hommes aguerris, dont deux écuyers, Jean de Metz et Bertrand de Poulengy. Ils seront ses premiers compagnons d'armes et lui resteront fidèles jusqu'au bout.

Je suis en chemin, en route vers le destin que Dieu a voulu m'assigner. Cent cinquante lieues séparent Vaucouleurs de Chinon. Il faut traverser presque toute la France d'est en ouest, des rives de la Meuse à celles de la Vienne. Il y a pour m'accompagner Jean de Metz, Bertrand de Poulengy, Jean de Honnecourt, leurs servants, et deux autres, Colet de Vienne, messager du roi, et Richard, l'archer. Six hommes armés, c'est assez pour se faire remarquer par l'ennemi et c'est bien trop peu pour se défendre contre lui. Les places fortes occupées par les troupes du duc de Bourgogne et du roi d'Angleterre nous contraignent à faire de nombreux détours. Nous traversons moult rivières à gué en plein hiver : la Marne, l'Aube, la Seine, l'Yonne et la Loire. On s'enfonce jusqu'à mi-corps dans l'eau glacée. Nous devons parfois attacher du linge sous les sabots des chevaux pour ne pas faire de bruit sur les chemins caillouteux. Le danger est partout présent. À l'orée d'une clairière, derrière un buisson, aux abords d'un village… Du matin au soir, nous sommes sans cesse aux aguets. Mais je ne crains rien. Je ne compte pas sur le secours des hommes. Je sais que Dieu nous frayera un chemin jusqu'à Chinon, car telle est Sa volonté.

Quand la nuit tombe, nous dormons dans des abris de toutes sortes : des granges ou des monastères et, parfois, en pleine forêt. Six hommes et une jeune femme… Je suis vulnérable. Les habitants de Vaucouleurs s'étaient effrayés de voir une pucelle s'aventurer seule en compagnie de gens d'armes. Les premières nuits, quand nous dormons côte à côte dans la paille humide, je sens glisser sur moi leurs regards avides. Je feins de ne point les remarquer, comme je feins de ne point entendre leurs grivoiseries. Je reste tout habillée pour ne pas échauffer de folles pensées. Mais plus nous cheminons ensemble, plus je sens mes compagnons sensibles à l'amour de Dieu. Ils me suivent sur le droit chemin.

Troyes, Ceffonds, Bar, Clairvaux, Auxerre, Gien… Enfin, nous sommes arrivés sains et saufs en terres françaises. J'exige que l'on s'arrête pour entendre la messe à chaque fois que possible. À Fierbois, je vais faire mes dévotions à ma chère sainte Catherine, patronne du lieu. De là, j'adresse une missive au roi pour l'avertir que je suis à l'approche. N'est-ce pas déjà un miracle que d'être arrivée jusqu'ici saine et sauve ?

CHAPITRE VII

25 février
1429
Chinon

Le 23 février 1429, vers midi, Jeanne d'Arc entre dans Chinon. Le dauphin Charles, prévenu de son arrivée, hésite à la recevoir. Son entourage à la cour est partagé. Le grand chambellan, Georges de La Trémoille, se méfie d'une « prophétesse » qui pourrait le soustraire de son influence. Au contraire, Yolande d'Aragon, reine de Sicile et mère de l'épouse du dauphin, Marie d'Anjou, pousse Charles à rencontrer Jeanne, car elle voit en la Pucelle l'occasion de galvaniser le peuple. Impatiente de rencontrer son « gentil dauphin », Jeanne se tient prête dans une auberge de la ville.

Je ne tiens plus en place. Après avoir bravé tous les dangers de la route, j'attends dans une hostellerie aux portes du château que le dauphin daigne me recevoir. Pourquoi tant de manières ? Pourquoi tant de scrupules ? Des gens le dissuadent de me prêter l'oreille. On lui dit qu'il s'humilierait aux yeux des Anglais de s'en remettre à une « prophétesse ». Sa détresse est si grande qu'il n'attend pourtant plus qu'un miracle. Son trésorier déclare qu'il n'a pas quatre écus en caisse. Il est tourmenté par sa prétendue bâtardise. On dit même qu'il craint de fouler le plancher de peur qu'il ne s'effondre sous ses pas, comme la chose lui est déjà arrivée. Le siège d'Orléans a ruiné ses derniers espoirs. Miné, anéanti, il en est réduit à se demander dans quel pays trouver refuge.

De doctes clercs viennent à moi pour sonder mes intentions et voir si je ne suis point folle. Ils me pressent d'annoncer ce que je compte dire au dauphin. Mais cela ne saurait être révélé qu'à lui seul. Le bon peuple de Chinon montre de la ferveur en me voyant. On parle de l'antique prophétie de Merlin, selon laquelle la France serait perdue par une femme, puis sauvée par une autre femme. On voyait la méchante reine Isabeau en la première et moi, Jeanne, en la seconde. Quand la recommandation de Robert de Baudricourt lui parvient, le dauphin accepte enfin de me donner audience.

On me conduit jusqu'à la grande salle du château. Le dauphin s'est confondu parmi d'autres seigneurs plus richement vêtus. Voulait-il me mettre à l'épreuve ? Marchant à pas lents entre les courtisans, je sens sur moi le poids des regards et je prie mes saintes de me désigner le dauphin. Derrière une colonne, j'aperçois un homme petit et malingre, avec un chapeau enfoncé jusqu'aux sourcils et vêtu d'un pourpoint mal taillé. Il a la mine terne et le regard fuyant. Il semble si malheureux. C'est lui. C'est mon gentil dauphin. J'accours auprès de lui et, m'inclinant avec respect, je lui dis : « Dieu vous donne bonne vie, gentil dauphin, Sire. Je suis venue de par Dieu vous porter secours à vous et à votre royaume. » Je refuse d'en dire plus devant ses gens et le supplie de me donner une audience privée.

GENTIL DAUPHIN, ÉCOUTEZ-MOI BIEN.
POURQUOI M'APPELLES-TU « DAUPHIN » ?
JE SUIS LE ROI...
VOUS SEREZ ROI QUAND VOUS SEREZ SACRÉ COMME IL SE DOIT.
D'AUCUNS PRÉTENDENT QUE JE NE SUIS MÊME PAS LE DAUPHIN...
EN NOM DIEU, JE VOUS DIS QUE VOUS ÊTES VRAI FILS DE ROI ET VRAI HÉRITIER DE FRANCE. BAILLEZ-MOI DES GENS ET JE DÉLIVRERAI ORLÉANS. JE VOUS FERAI SACRER À REIMS.
MAIS QUI ES-TU POUR ME PARLER AVEC CETTE AUTORITÉ ? DOIS-JE TE CROIRE SUR PAROLE ?
JE SUIS ENVOYÉE PAR LE ROI DU CIEL...
QUI, SEUL, A AUTORITÉ SUR VOUS.
JE VAIS VOUS DONNER UN SIGNE POUR QUE VOUS AYEZ FOI...

Le signe que j'ai donné au gentil dauphin, à nul autre je ne le révélerai jamais. Mais je puis dire que lorsqu'il l'a vu, son regard s'est illuminé. Il s'est mis à croire en moi. Il s'est mis à croire en lui. Alors, le dauphin a déclaré à tous que je devais rester à la cour. On me loge au château dans la sinistre tour du Coudray, où jadis le dernier grand maître de l'ordre du Temple fut captif avant d'être brûlé. Je n'y vois aucun mauvais présage. Je suis bien trop tourmentée par mon impatience de voler au secours de la bonne ville d'Orléans. Mais autour de moi, on tergiverse, on atermoie, on louvoie pendant de longues semaines tandis que les assiégés crient famine ! Le grand chambellan du roi, le gros Georges de La Trémoille, se méfie de moi. Je découvre ébahie les intrigues et les fourberies des courtisans qui me toisent, tantôt amusés, tantôt dédaigneux. Certains disent qu'il serait folie de confier une armée à une fillette déguisée en homme. J'ai pitié d'eux. S'ils savaient ce que je sais… Seule la noble reine Yolande d'Aragon semble vraiment soucieuse des intérêts du royaume et penche en ma faveur. Quelle dame ! Grâce à Dieu, le dauphin l'écoute et se rallie bien souvent à son opinion. L'arrivée à la cour de son cousin, le beau duc d'Alençon, me met le cœur en joie. Car lui aussi brûle d'en découdre avec les Godons qui l'ont tenu en captivité trois années durant et dépossédé de ses terres normandes. Plus il y aura ensemble du sang royal de France et mieux cela vaudra !

Mais le dauphin ne peut se résoudre à me missionner à Orléans sans que je subisse au préalable un humiliant examen de virginité par des matrones. Il faut aussi que je me soumette au jugement de gens d'Église dans la ville de Poitiers. Ils doivent s'assurer que je ne suis point inspirée par le diable. On me demande pourquoi Messire Dieu, tout puissant qu'Il est, ne boute pas Lui-même les Anglais hors du royaume si telle est Sa volonté. « En nom Dieu, les hommes d'armes batailleront et Dieu donnera la victoire ! » assuré-je, comme mes Voix me l'ont enseigné. Eux aussi exigent un signe. Le signe, ils le verront bien quand on me conduira à Orléans ! Pas avant.

Je reviens auprès du dauphin, munie d'une couronne en or, symbole de ma promesse de le mener au sacre. Il décide enfin de me confier une armée. Nous approchons de la Semaine sainte quand on me présente en grande pompe aux trois cents chevaliers qui s'en iront secourir Orléans à mes côtés.

CHAPITRE VIII

Avril
1429
Bannière et épée

Vers le 20 avril 1429, le dauphin Charles envoie Jeanne d'Arc à Tours afin de lui fournir le nécessaire de son armement et de son équipement. Sa maison militaire est composée de ses deux frères, Jean et Pierre, de ses compagnons partis de Vaucouleurs, Jean de Metz et Bertrand de Poulengy, ainsi que, pour écuyer et maître d'hôtel, de Jean d'Aulon, qui sera l'un des plus fidèles compagnons d'armes de Jeanne et le témoin privilégié de son épopée.

Le moment est venu de prendre les armes. Je vois bien que les hommes rechignent à voir femme manier l'épée plutôt que la quenouille. Certains s'écharpent avec doctes références pour déterminer si la chose est convenable. Ils parlent de la Romaine Camille ou de Penthésilée, reine des Amazones, des noms que je n'avais jamais entendus de ma vie. Dans les Saintes Écritures, Judith n'avait-elle pas pris l'épée pour trancher la tête d'Holopherne ? Bien sûr, la chose n'est point commune, mais telle était la volonté du Roi du ciel. Les hommes doivent s'y plier, bon gré, mal gré. Je suis devenue bonne cavalière. Un jour, le dauphin me voit sur un cheval au galop, la lance au poing, culbutant une quintaine avec agilité. Le duc d'Alençon en est si charmé qu'il me fait don d'un cheval blanc.

Le dauphin m'envoie à Tours afin de récupérer une armure confectionnée sur mesure : un harnois blanc, une cuirasse légère, des gantelets, des éperons et un casque salade. Mon écuyer, Jean d'Aulon, m'apprend à m'accoutumer à cet attirail qui me pèse et m'engonce. Le dauphin me fait don d'une épée, mais mes Voix me conseillent d'en porter une autre, particulière, dont elles me révèlent l'existence et l'emplacement. Elle se trouve à Fierbois, dans l'église consacrée à sainte Catherine, où je me suis arrêtée, sur la route de Chinon. Je fais envoyer un chevaucheur quérir cette arme enterrée derrière le grand autel de l'église, près du gisant d'un chevalier. L'épée est mangée de rouille, mais il suffit de la frotter pour lui redonner son éclat. Elle est ornée de cinq croix, comme les cinq plaies de Notre Seigneur Jésus-Christ. Serait-ce l'arme d'un chevalier croisé rapportée de Jérusalem ? Je l'ignore. Elle est bonne à donner de bonnes buffes et de bons torchons ! Mais jamais, entre mes mains, elle ne fera verser le sang.

J'aime beaucoup mon épée, mais je préfère de loin ma bannière. Elle est de couleur blanche, de cette toile qu'on appelle « boucassin ». Elle est frangée de soie et le champ est semé de lys d'or. Sainte Catherine et sainte Marguerite me recommandent de la porter hardiment, et d'y faire mettre en peinture Notre Seigneur entouré des archanges saint Michel et saint Gabriel. J'y fais aussi inscrire les doux noms de Jésus et de Marie. Je porte bien haut ma bannière. Elle claque au vent. Un vent de printemps. Un vent de victoire. Avec les lys, les anges et le Roi du ciel pour emblèmes, il ne pourrait en être autrement.

CHAPITRE IX

26 avril 1429

Chef de guerre

Fin avril 1429, Jeanne d'Arc, accompagnée de son escorte depuis Chinon, se rend à Blois, petite ville fortifiée des bords de Loire où l'armée royale s'est rassemblée. C'est l'ultime étape en vue d'affronter les Anglais qui assiègent Orléans. À Blois, Jeanne rencontre les principales personnes qui accompagneront son épopée. Elle doit s'imposer pour gagner la confiance de ces seigneurs de guerre, d'un naturel peu enclin à se soumettre à l'autorité d'une jeune femme. Jeanne prend alors la tête de l'armée chargée d'escorter un énorme convoi de vivres et de munitions destinés aux Orléanais. La légende est en marche.

ORLÉANS RISQUE À TOUT MOMENT DE TOMBER AUX MAINS DES ANGLAIS.
NOUS CHEVAUCHONS EN DIRECTION DE BLOIS POUR REJOINDRE L'ARMÉE ROYALE.
LE TEMPS PRESSE.
JE RESSENS L'URGENCE.
LE VENT ME PORTE L'ÉCHO DES SUPPLIQUES DES ORLÉANAIS ASSIÉGÉS.
JE SENS MON CŒUR BATTRE AU RYTHME DES SABOTS DE MON CHEVAL AU GALOP.
MES VOIX ME DONNENT DES AILES.
MON DIEU !
JE SUIS CHEF DE GUERRE !

À MES CÔTÉS, IL Y A DES CHEVALIERS, DES ÉCUYERS, DES GENS DE GUERRE…
ET DES GRANDS BARONS DE FRANCE !
PARMI EUX, LE SEIGNEUR DE MONTMORENCY-LAVAL, GILLES DE RAIS.
ÉTIENNE DE VIGNOLLES, DIT LA HIRE, CONNU POUR SES SURSAUTS DE COLÈRE.
JEAN POTON DE XAINTRAILLES, UN GENTILHOMME GASCON.
JACQUES DE CHABANNES, SEIGNEUR DE LA PALICE.
ET TANT D'AUTRES !

A notre arrivée à Blois, la cité est en pleine effervescence. Aux senteurs printanières s'ajoute l'ardeur de la guerre. Au parfum d'aubépine se mêle celui des couleuvrines. Les branches de lilas dardent leurs grappes de fleurettes comme une haie d'honneur. Des gens de guerre affluent de toutes parts et se portent volontaires. Toute la ville palpite au son des sabots qui claquent, des lames que l'on affûte et des flèches que l'on taille. Comme il est loin le jardin de mon père ! Mon cœur se met à battre plus fort encore en découvrant sous les remparts une foule bigarrée, hérissée de lances, de nobles enseignes et de fiers cimiers. C'est l'armée royale. J'en ai tant rêvé. À présent, elle est là, devant moi. Enfin !

Il y a là tout ce que la France compte de grands seigneurs. Regnault de Chartres, chancelier de France, le sire de Gaucourt, gouverneur d'Orléans, l'amiral de Culant, le maréchal de Boussac, Arthur de Richemont, duc de Bretagne. En défilant devant eux, je suis intimidée. J'ai l'honneur de leur commander. Tous les regards se tournent vers moi, la « Pucelle de Lorraine ». Ma réputation me précède. Je me tiens sur mon cheval du mieux que je peux. Je tâche de faire bonne figure. J'entends certains ricaner et souffler des railleries. Comment « femelle » pourrait-elle ranger une armée en bataille ? Je feins de ne rien entendre. N'était-ce pas notre roi qui me donna mon état de chef de guerre ? Les paroles élogieuses du beau duc d'Alençon m'aident à gagner le respect.

Je ne sais rien, il est vrai, ni de l'artillerie ni de la cavalerie, mais j'ai mon Conseil céleste, qui vaut mieux que les avis de tous ces foudres de guerre réunis. Il me révèle les besoins prioritaires et la marche à suivre. Il faut d'abord ramener la piété dans les rangs de ces soudards, plus soucieux de belles estocades et de franches lippées que du sort du royaume ou du salut de leurs âmes. Des gens d'Église disent que les Anglais ne sont que le flagel de Dieu, punissant le royaume de France de ses péchés. Sitôt que les Français feraient sincère pénitence, ils retrouveraient la faveur du Roi du ciel. L'armée doit être purifiée et retrouver l'état de grâce. Je fais chasser les écornifleurs de tout poil, qui grenouillent dans le sillage des armées et ne vivent que de rapine et de pillage. Je fais expulser les ribaudes qui lutinent nos soldats, ou bien j'exige de ces derniers qu'ils les prennent pour épouses légitimes. Je ne veux pas de crocheteurs ou de folles femmes dans nos rangs. L'armée royale ne saurait être une crapaudaille !

L'archevêque de Reims bénit ma bannière en l'église Saint-Sauveur à Blois. Elle flotte au-dessus des têtes, comme un constant rappel à nos devoirs sacrés. Dieu premier servi. Telle est ma devise. Je ne laisse plus les rustres blasphémer à tout bout de champ. Pris sur le fait, je leur fais réciter une prière à genoux. Je frappe le sol de mon bâton, mon « Martin », plutôt que de proférer un seul juron. Je mande des moines pour précéder la marche de nos troupes afin que les soldats puissent se confesser et communier. Avant d'entonner des chants de guerre, nous unissons nos voix pour des antiennes en l'honneur de la Bienheureuse Vierge Marie. Chaque jour, nous chantons avec ferveur le *Veni Creator*. Ainsi nous irons au combat avec l'arme au poing et la foi chevillée au corps.

Cependant, nous ne pouvons livrer bataille sans adresser à l'ennemi une sommation en bonne et due forme. Les Saintes Écritures ne nous recommandent-elles pas « d'offrir la paix à une ville avant de l'attaquer » ? J'achève de dicter la lettre aux Anglais que j'avais entamée à Poitiers. J'en connais encore les formules, qui me vinrent comme un cri du cœur. « Rendez au roi de France les clés de toutes les villes que vous avez prises et violées en son royaume. La Pucelle, qui est envoyée de par Dieu, le Roi du ciel, est toute prête à faire paix, si vous voulez lui faire raison, par ainsi que vouliez vider de France. Et qu'amendiez les dommages qu'y avez faits. Et entre vous, archers, compagnons de guerre, gentilshommes et autres qui êtes devant la ville d'Orléans, allez-vous-en de par Dieu en votre pays. Et si ainsi ne le faites, attendez les nouvelles de la Pucelle qui vous ira voir brièvement à vos bien grands dommages. Roi d'Angleterre, si ainsi ne le faites, je suis chef de guerre et vous assure qu'en quelque lieu que je trouverai vos gens en France, je les combattrai et les bouterai hors, veuillent ou non. Et s'ils ne veulent obéir, je les ferai tous occire. »

La forme est certes un peu rêche, mais le fond a le mérite d'être clair. Les Godons ne répondent que par le silence et l'offense, retenant captif mon héraut d'armes qui leur porta la missive au mépris des règles élémentaires de la chevalerie. Il n'est plus question de barguigner un instant de plus. Le moment est venu de nous mettre en marche. Je salue les habitants de Blois massés aux fenêtres des maisons pour assister à notre départ. J'encourage les soldats en leur insufflant l'espoir de la victoire. Ma mission commence pour de bon.

CHAPITRE X

29 avril
1429
Siège d'Orléans

Les Anglais, qui occupent déjà la moitié nord du royaume de France, assiègent la ville d'Orléans depuis huit mois. La ville constitue un verrou stratégique sur la Loire qui, en capitulant, favoriserait l'invasion du reste du territoire. L'armée anglaise a encerclé la ville en construisant un réseau de neuf bastilles. Elle a pris possession du fort des Tourelles commandant l'accès sud du pont qui enjambe la Loire. Retranchés derrière les remparts de la ville, les Orléanais résistent encore, mais, manquant de vivres, songent à se rendre. Le 29 avril, Jeanne d'Arc arrive devant la cité assiégée à la tête de l'armée royale et d'un important convoi de ravitaillement destiné aux habitants.

Orléans la fidèle ! Orléans la vaillante ! La ville est là devant moi, de l'autre côté du fleuve. Dunois, dit « le Bâtard d'Orléans », est venu à notre rencontre. Il est le lieutenant du roi pour le Val de Loire et peut s'appuyer en ville sur une garnison renforcée. Il n'a pas tenu compte de ma volonté d'attaquer sans tarder les Anglais par le nord. Il a même donné l'ordre de me faire venir par la Sologne, plutôt que par la Beauce où cantonne le gros des troupes ennemies. Il s'est joué de moi ! Il ignore encore que je viens lui bailler le meilleur secours qui soit, celui de mon Conseil céleste. Je m'indigne de ces dissimulations et de cette perte de temps. Je piaffe d'impatience. Je brûle d'agir. Nous décidons de ravitailler d'abord le peuple d'Orléans qui a déjà eu tant de peines. Les capitaines renâclent devant cette entreprise jugée hasardeuse, se souvenant avec horreur du désastre de la journée des Harengs.

Il s'agit d'acheminer les vivres dans la cité par des barges et des chalands qui doivent d'abord remonter le courant. Mais le vent souffle dans le mauvais sens. À l'instant même où je fais part au Bâtard de la grande pitié de Dieu pour la bonne ville d'Orléans, le vent se met soudain à tourner dans l'autre sens. C'est le souffle du Roi du ciel qui nous est favorable. Les soldats crient au miracle. Le Bâtard, jusque-là fort sceptique, est impressionné. C'est le moment ! Pendant que nos soldats empêchent la garnison anglaise du fort Saint-Loup d'intervenir, la flotte de chalands peut faire débarquer le convoi de ravitaillement dans la ville et repartir en toute sécurité. Je fais partie de l'expédition pour montrer aux habitants que la Pucelle est bien là, à l'avant-garde de leur délivrance. Ils m'avaient attendue. Ils doivent me voir.

Le soir même, je fais mon entrée dans la cité assiégée, accompagnée de deux cents soldats, par la porte de Bourgogne. Je n'oublierai jamais cet instant. Ces visages… Ces regards… La souffrance fait place à l'espérance. La cité, tant mortifiée, est en liesse. Les cloches sonnent à toute volée. Je défile dans les rues sur mon cheval blanc, sous les clameurs d'allégresse. On se masse aux fenêtres. On se presse sur la chaussée. À la vue de mon étendard, les bourgeois font voler leurs chapeaux. Certains se ruent vers moi pour toucher mon armure ou ma monture. Orléans vibre de tous ses murs. La ville s'est remise à croire. Il ne faut pas la décevoir.

CHAPITRE XI

4 mai
1429
Délivrance

Après avoir ravitaillé et galvanisé les habitants assiégés, Jeanne est impatiente de mener l'offensive contre les bastilles anglaises. Estimant la garnison trop petite pour toute attaque, Dunois préfère aller chercher de nouveaux renforts à Blois. En attendant leur arrivée, Jeanne en profite pour sortir de la ville et inspecter les fortifications anglaises, dont le fort des Tourelles commandé par le capitaine William Glasdale. Le 4 mai, le convoi de Dunois arrive à Orléans, sans que les Anglais tentent de l'arrêter. Décision est prise, sans consulter Jeanne, de mener l'assaut contre le fort Saint-Loup, défendu par quatre cents soldats anglais.

JE ME REPOSE UN INSTANT DES FATIGUES DE LA JOURNÉE.
QUAND, TOUT À COUP, JE SUIS RÉVEILLÉE EN SURSAUT PAR MON ÉCUYER, JEAN D'AULON.
L'ASSAUT DU FORT SAINT-LOUP A DÉJÀ COMMENCÉ, SANS QUE L'ON AIT PRIS LA PEINE DE M'EN AVERTIR.
PAR MON MARTIN !
JE ME COURROUCE DE CET AFFRONT, TOUT EN ME RÉJOUISSANT DE PASSER ENFIN À L'ACTION.
Jhesus Maria
J'EMPOIGNE MA BANNIÈRE À LA HÂTE ET FAIS SELLER MON CHEVAL.
MA PLACE N'EST POINT SUR UNE PAILLASSE, MAIS AU CŒUR DE LA BATAILLE.
J'ARRIVE AU TRIPLE GALOP, SI VITE QUE LES ÉTINCELLES JAILLISSENT DU PAVÉ.

LA BATAILLE FAIT RAGE AU FORT SAINT-LOUP. UN PREMIER ASSAUT A ÉCHOUÉ.
LES ANGLAIS DÉFENDENT LA BASTILLE AVEC VAILLANCE, EN ATTENDANT DES RENFORTS.
À MA VUE, LES SOLDATS POUSSENT DES CRIS DE JOIE.
ILS ME TENDENT LEURS ARMES POUR TOUCHER LA HAMPE DE MON ÉTENDARD BÉNI.

UNE CLAMEUR DE HARDIESSE S'ÉLÈVE AUTOUR DE MOI.
LE BÂTARD SENT QUE LE MOMENT EST PROPICE.
À L'ASSAUT
DEBOUT SUR LE BORD DU FOSSÉ, J'ENCOURAGE LES TROUPES À COURIR SUS À L'ENNEMI.

JE VOIS LES PLUS NOBLES BARONS COMBATTRE AVEC BRAVOURE.
GILLES DE RAIS POURFEND L'ENNEMI PAR DIZAINES.
LES GODONS SONT SUBMERGÉS.
LA GARNISON ANGLAISE SE DÉBANDE.

L'assaut du fort Saint-Loup est le premier acte de la délivrance. La bastille est tombée. Elle n'est plus qu'un amas de cendres. On accourt de toutes parts pour me louanger, pourtant, c'est un sentiment mitigé qui m'étreint. Pour la première fois, je vois le coût sanglant d'une bataille. Je découvre les affres de la guerre. Je suis affligée à la vue des blessés gisants entre les dernières fumées. Certains ont des membres arrachés. Jamais je ne verrai couler de sang français sans que mes cheveux se lèvent ! Je ne veux pas non plus que l'on répande celui de l'ennemi au-delà du nécessaire. Des fuyards anglais, réfugiés dans les ruines d'une église, sont capturés. J'exige qu'ils aient la vie sauve. J'empêche que l'on maltraite les prisonniers ou que l'on détrousse les cadavres.

Je pleure à chaudes larmes sur le sort des combattants tués en cette journée. Car combien sont morts sans confession ? Combien parmi eux sont condamnés à la damnation éternelle ? J'exhorte les soldats à rendre grâce à Dieu. Nous ne devons jamais oublier à qui nous devons ce coup d'éclat. Tant que la foi guiderait nos pas, la victoire serait là. Tel est le sage conseil de mes Voix. Je ne fais pas ripaille et continue à jeûner autant que mes forces me le permettent. Un œuf et un poireau bouillis me suffisent.

Ainsi les assiégeants sont devenus assiégés. C'est à leur tour de se défendre. Je veux, par une ultime sommation, leur offrir le moyen d'éviter une plus sanglante défaite. Je les adjure de se retirer en bon ordre en ces termes : « À vous, hommes d'Angleterre, qui n'avez aucun droit en ce royaume de France, le Roi du ciel ordonne et mande par moi, Jeanne la Pucelle, que vous laissiez vos bastilles et alliez en votre pays, ou sinon, je vous ferai un tel dommage qu'il en sera perpétuelle mémoire. » Mais les capitaines anglais ne me répondent que par une bordée d'injures, me traitant haut et fort de « vachère des Armagnacs », de « sorcière » et d'autres grossièretés que la pudeur me défend de répéter. Tant de méchanceté me tire des larmes. Mes Voix m'apportent aussitôt du réconfort. Elles me révèlent ce qu'il adviendra de Glasdale, qui vocifère du haut du fort des Tourelles. Il périra bientôt pour avoir proféré de telles horreurs. Mes Voix m'avertissent aussi que je serai moi-même blessée lors d'un prochain assaut. Le sang doit couler de mon corps au-dessus du sein. Mais je ne crains rien. Si tel est le dessein du Roi du ciel, je remets volontiers mon sort entre Ses mains.

J'entends lancer la prochaine attaque dès le lendemain, mais comme c'est le jour de l'Ascension, nous décidons d'observer une trêve afin d'honorer ce jour saint. Nos braves soldats peuvent ainsi reprendre des forces, mais je suis peinée, car le conseil des capitaines néglige encore de m'associer aux délibérations. Leurs plans tortueux ne me plaisent guère. Je veux attaquer les Anglais de front, sans biaiser. Eux prennent d'infinies précautions en sursoyant aux assauts et en multipliant les attaques de diversion, avec guère plus d'ambition que de lasser l'ennemi. Il est convenu d'attaquer les deux dernières bastilles protégeant le fort des Tourelles.

La lutte s'engage vers l'heure de prime, au point du jour. Les Anglais ont délaissé la bastille de Saint-Jean-le-Blanc pour se réfugier dans celle des Augustins, entourée de palissades. Les Godons nous opposent une âpre résistance. Sous la pluie drue de flèches, des soldats font marche arrière et tentent de regagner la rive. Le bruit se répand que les Anglais viennent en grande force par un autre côté. Ceux de la bastille tentent une sortie. J'agite ma bannière avec vigueur pour dissuader les fuyards. J'harangue les soldats pour pousser droit à l'ennemi. Puis j'éperonne mon cheval pour chercher du renfort. Il y a foison de bourgeois de la commune venus se battre avec leurs armes de fortune. Leur milice vient prêter main-forte à l'armée royale. Dans cette cohue indescriptible, le Bâtard d'Orléans s'agace que l'on suive mes résolutions plutôt que les siennes. Il a son conseil. J'ai le mien.

Je vais planter ma bannière sur le rebord du boulevard des Augustins pour exciter l'audace des soldats. Les trompettes sonnent un nouvel assaut. Elles retentissent dans les cœurs, car une clameur générale s'élève jusqu'au ciel. L'armée a repris courage. Même les plus timorés poussent des cris de rage. Les guerriers se ruent sur la palissade et abattent la redoute. La bastille des Augustins finit par tomber. Tous les Anglais périssent ou bien déguerpissent en direction des Tourelles. La bastille renferme moult armes et denrées. Nous nous en emparons avant d'y mettre le feu. Reste le fort des Tourelles, que l'on dit imprenable. Je sais bien, moi, qu'à Messire Dieu rien n'est impossible. Je veux pousser notre avantage et l'attaquer sans tarder, mais l'heure est trop avancée, de l'avis général. J'accepte de bonne grâce de remettre la bataille au lendemain.

Au petit matin, je pousse les soldats à venir entendre la messe avant de partir à l'assaut des Tourelles. Glasdale s'y retrouve isolé, mais ce solide bastion est défendu par une garnison composée des meilleurs soldats d'Angleterre. Nos guerriers descendent hardiment dans les fossés du boulevard, et cherchent à gravir l'escarpement sous le feu des canons et les traits des arbalètes. Mais dès qu'ils touchent au parapet de l'enceinte de la bastille, ils sont repoussés à coups de haches, de lances et de maillets de plomb. Devant ces assauts ratés, je me sens poussée par un élan d'ardeur. Je lâche ma bannière, saute dans le fossé et dresse une échelle pour monter à l'assaut du fort. C'est alors qu'un trait d'arbalète me transperce entre l'épaule et la gorge, ainsi que mes Voix me le prédirent. Comme foudroyée, je chute de l'échelle et heurte le fossé de tout mon poids.

Quand je reprends mes esprits, on est en train de me prodiguer des soins. Les Anglais plastronnent depuis le fort, croyant avoir occis la « sorcière ». Je lis la stupeur dans les yeux de mes braves soldats. Ils savent que ma mort galvaniserait l'ennemi et serait funeste à notre armée. Même le rude La Hire, qui d'ordinaire jure comme un charretier, prie tous les saints pour que je ne trépasse point. Je pleure. Je ne peux pas mourir. Pas maintenant. Messire Dieu ne le veut pas ainsi. Je ravale mes larmes et serre les dents. J'arrache moi-même le fer qui meurtrit ma chair, refusant que l'on charme ma blessure à l'aide de sortilèges et autres diableries. Le secours du Roi du ciel me suffit. Je suis vite remise sur pied en vue d'un nouvel assaut.

Les Anglais sont terrifiés de voir en première ligne celle qu'ils pensaient avoir envoyée en enfer. Je m'avance, tenant fermement ma bannière. Quand sa queue touche le boulevard, je crie aux soldats : « Tout est vôtre ! » Ils s'élancent comme un seul homme. L'assaut est grandiose. La puissance du choc estourbit tant les Godons qu'ils ne font presque plus de résistance. Ils voient le pont de bois embrasé par un chaland chargé d'étoupe et de poix. Épuisés, sidérés, ils se jettent à l'eau pour échapper aux flammes ou à nos lames. Glasdale périt noyé, sans avoir pu se repentir de ses infamies. Le fort des Tourelles vient de tomber. Orléans est délivré. Ce grand siège qui durait depuis plus de sept mois, j'y ai mis fin en sept jours. J'entre dans la ville par la grande porte, accueillie par des cris de liesse. Des fleurs pleuvent des fenêtres. On court aux églises qui carillonnent à tout rompre. C'est le son jubilatoire de la France qui refuse de mourir.

Jhesus
Maria

18 juin
1429
Printemps des victoires

Après la délivrance d'Orléans, les troupes anglaises s'assemblent en ordre de bataille dans les champs sur la rive nord de la Loire, le 8 mai. L'armée française, commandée par Dunois, s'aligne devant elles. Le face-à-face dure environ une heure, avant que les Anglais se retirent pour rejoindre d'autres troupes cantonnées dans des places fortes du Val de Loire. L'armée française, suivant la bannière de Jeanne, décide de pousser son avantage, après quelques semaines de repos et l'arrivée de renforts. Elle s'engage dans une série de batailles et de sièges qui vont constituer la Campagne de la Loire, marquée par une victoire décisive, le 18 juin 1429, à Patay.

Qu'il est joli ce mois de mai ! Le printemps tient toutes ses promesses de renouveau. Les lys ont refleuri sous les remparts d'Orléans. Ils exhalent le parfum de la délivrance dans toute la vallée de la Loire. Espoir, divin espoir ! Les Godons, eux, ne s'avouent pas vaincus. Ils ne le sont point ! Ils se sont repliés dans leurs solides bastions le long du fleuve : Jargeau, Meung et Beaugency. Il s'agit à présent de les leur arracher un par un, afin de les chasser de la vallée et de mener sans crainte le dauphin à Reims en vue de son juste sacre.

On se presse de toutes parts pour participer à cette campagne qui fleure bon la victoire. Foison de piétaille portant guisarmes, arbalètes et maillets de plomb. Moult bourgeois impatients d'en découdre avec l'envahisseur tant honni. Et une belle moisson de seigneurs de grand lignage qui désormais se rallient à ma bannière sans plus médire. Je retrouve avec joie mes braves capitaines, Dunois, Gilles de Rais, Xaintrailles et La Hire. Le dauphin confia le commandement de cette grande armée au beau duc d'Alençon, qui s'en remet humblement à mon sage conseil, tout prince de sang qu'il est.

Jargeau est tenu par le comte de Suffolk, qui attend les renforts du duc de Bedford. L'armée anglaise vient pourtant à notre rencontre pour livrer bataille. Nombre de nos soldats, échaudés par les désastres de Crécy ou d'Azincourt, craignent encore d'affronter les Godons dans des batailles rangées. Je les exhorte à la bravoure en levant bien haut ma bannière. « N'ayez doute ! Sus ! Sus ! Agissez et Dieu agira », m'écrié-je. Joignant le geste à la parole, je presse les flancs de mon cheval et m'élance dans la mêlée. Nous recevons le choc de plein fouet, mais nous tenons bon. Les Anglais sont contraints de se replier dans la ville fortifiée. Le lendemain, nous mettons les canons et les bombardes en batterie, dont la grosse Bergère acheminée d'Orléans par vingt-quatre chevaux. La canonnade crée des brèches dans les remparts. La ville va tomber comme un fruit mûr. Au matin du troisième jour, Suffolk réclame une trêve… Il espère gagner du temps ! L'heure est bonne pour monter à l'assaut. Je m'élance sur les remparts en gravissant une échelle, quand une pierre tombe sur mon casque et me fait choir au pied du rempart. Je me relève tout étourdie, mais ragaillardie de voir que notre élan irrépressible emporta la victoire. Suffolk est fait prisonnier. Jargeau est libéré.

Trois jours après la victoire de Jargeau, nous chassons les Anglais de Meung et les privons d'un précieux pont enjambant la Loire. Nous les retrouvons à Beaugency, où de nouveaux ralliements nous viennent, dont celui du connétable de Richemont, en disgrâce depuis deux ans. Je sais bien qu'il se hâte de partager les fruits de la victoire pour faire reluire son blason… Soit. Mais je préfère me tenir loin des intrigues de cour de sorte que prime l'intérêt du royaume. Sous le feu de notre artillerie, les Anglais, commandés par le redoutable Talbot, se réfugient au château de Beaugency, négocient leur reddition et nous abandonnent la ville.

C'est deux jours plus tard, à Patay, que nous les retrouvons pour une bataille rangée. Enfin, l'heure de vérité ! Talbot a fait la jonction avec les renforts du seigneur Falstolf, vainqueur de la bataille des Harengs. Forts de leurs arcs longs et de leurs pieux taillés en pointe, les Godons pensent décimer une fois de plus la chevalerie française. La bataille promet d'être rude, mais, en ce 18 juin, la flamme de la reconquête embrase nos cœurs. Accueillie par une imprudente clameur, la course d'un cerf nous révèle les positions de l'ennemi, encore en désordre. Saint Hubert, patron des chasseurs, se ferait-il notre éclaireur ? L'avant-garde de notre armée, enhardie par nos récents succès, fond aussitôt sur l'ennemi et s'abat sur lui comme une trombe. La cavalerie lourde écrase les archers avant qu'ils aient le temps de décocher leurs maudites flèches. Devant cet élan furieux, les chevaliers anglais, dont Falstolf, préfèrent prendre la fuite plutôt que d'être taillés en pièces. Talbot et nombre de soldats sont faits prisonniers. J'exige qu'on les épargne. La moitié de l'armée ennemie gît sur la plaine, tandis que nous ne comptons dans nos rangs qu'à peine trois morts et cent blessés. Patay est l'éclatante revanche d'Azincourt. Le miracle s'est accompli. La vallée de la Loire est libérée. En nom Dieu, la France est sauvée.

Je retrouve le dauphin et la cour au château de Sully. Les éloges pleuvent sur mes épaules mais c'est au Roi du ciel qu'il convient de rendre grâce. Le dauphin veut me récompenser pour ce bouquet de victoires. Il m'offre de prendre pour armoiries les lys de France, la couronne et l'épée. Je n'en ferai pourtant jamais usage, car cet insigne honneur passerait pour de la vanité. Et je préfère de loin les armes célestes brodées sur ma bannière. Ma plus grande récompense serait de prendre sans tarder le chemin de Reims afin que Charles reçoive enfin la sainte onction et sa royale couronne.

CHAPITRE XIII

17 juillet
1429
Sacre

Après la victoire de Patay, l'entourage du dauphin lui recommande de surseoir à son sacre afin de pousser l'avantage de la reconquête en attaquant d'abord la Normandie, sous domination anglaise. L'insistance de Jeanne finit par l'emporter. Le 29 juin 1429, à Gien, le dauphin, escorté par douze mille hommes, prend la route de Reims, empruntant un itinéraire jalonné de villes champenoises aux mains des Bourguignons. La chevauchée fait halte à Auxerre, qui refuse d'ouvrir ses portes mais accepte de ravitailler l'armée royale contre deux mille écus d'or. Troyes rentre dans l'obéissance après quatre jours de siège, de même que Châlons, sans coup férir, montrant ainsi la fragilité de l'alliance anglo-bourguignonne. La chevauchée s'achève devant la cathédrale de Reims, où le sacre du roi Valois est préparé en toute hâte.

Il suffit que je songe un instant à cette journée d'été pour que l'émotion m'étreigne. Point d'orgue de ma mission sacrée ! Pinacle de ma courte vie ! La veille, il avait fallu parer à toutes les exigences d'un sacre soudain, pour ne pas dire improvisé. On manquait de tout, à commencer par la vêture royale, conservée à l'abbaye de Saint-Denis, non loin de Paris, aux mains des Anglais, hélas ! Des dames de Reims se chargèrent d'en coudre une de rechange en grande diligence. Dieu merci, l'essentiel est bien là : la sainte ampoule, intacte, à l'abri dans l'abbaye de Saint-Remy.

Miraculeuse ampoule jadis descendue du ciel pour oindre Clovis de son huile sacrée, faisant de lui le premier roi chrétien, le lieutenant de Dieu sur terre. Voilà pourquoi le sacre ne pouvait attendre. Une seule goutte de la sainte huile donnerait au dauphin plus de pouvoir que dix mille lances. Quatre seigneurs furent chargés d'escorter l'irremplaçable relique de l'abbaye de Saint-Remy jusqu'à la cathédrale de Reims. Le sacre pouvait dès lors avoir lieu le lendemain, un dimanche à marquer d'une pierre blanche, le 17 juillet de l'an de grâce 1429, soit un mois, presque jour pour jour, après la victoire de Patay.

C'est le grand jour ! Tous les colombages du vieux bourg de Reims sont pavoisés d'azur semé de lys d'or. Dès l'aube, on se presse entre les vénérables murs de la cathédrale. Les chanoines prennent place dans les stalles du chœur clos. Seigneurs, chevaliers et grands clercs occupent les premiers rangs. Tant de mes compagnons d'armes ! Je me tiens en bonne place, près de l'autel, tenant fermement mon étendard. Il avait été à la peine, c'était bien raison qu'il fût à l'honneur. L'archevêque de Reims, monseigneur Regnault de Chartres, dirige la cérémonie, coiffé de sa mitre, en surplis broché d'or. Les pairs laïcs du royaume, d'ordinaire requis pour un sacre, manquent à l'appel car ils sont sous la tutelle des ennemis du royaume. Ils sont suppléés par de nobles seigneurs, tels le duc d'Alençon, le grand chambellan La Trémoille ou encore le capitaine d'Orléans Raoul de Gaucourt. Mais ces menues entorses à l'antique cérémonial n'enlèvent rien à la légitimité de celui qui fut écarté du trône par un honteux traité rédigé par un roi fol sous la dictée de l'ennemi ! Celui dont nous attendons tous l'arrivée solennelle. Celui qui doit maintenant entrer dans la cathédrale en tant que dauphin et n'en sortir qu'en qualité de roi de France.

Le voici. Il traverse la nef à pas lents, au son des basses trompes des orgues. Il n'est vêtu que d'une chemise en toile de lin aux fentes bordées de galons d'or. Charles va s'agenouiller auprès du maître-autel où scintillent une forêt de cierges. L'instant est sublime. Je n'en perds pas une miette. Et dire que c'est en ce lieu que Clovis a reçu le baptême ! Nous sommes rassemblés sur les fonts baptismaux du royaume ! L'archevêque rappelle à Charles sa suprême mission de défendre notre sainte mère l'Église. Celui-ci promet, au nom de Jésus-Christ, de commander avec clémence et miséricorde.

Le rite majeur de la cérémonie peut commencer. L'archevêque élève la sainte ampoule en prononçant une longue prière d'intercession. Puis il plonge une aiguille d'or dans l'huile sacrée, prélevant quelques gouttes qu'il mélange au saint chrême. Le dauphin reçoit l'onction à travers les ouvertures de sa chemise : sur la poitrine, sur la nuque, sur chaque épaule et à la saignée des deux bras. Le grand chambellan apporte les habits royaux, dont le long mantel bleu fleurdelisé et bordé d'hermine. Les insignes royaux, dont l'épée de Charlemagne, le sceptre, l'anneau ou la main de justice, étant conservés au trésor de Saint-Denis, on remet à Charles des instruments de substitution.

Puis vient le moment tant attendu. L'archevêque, entouré de tous les pairs, dépose doucement la couronne royale sur la tête de Charles. Celui que l'on surnommait il y a encore un an « le petit roi de Bourges » est maintenant Charles le septième, roi de France par la grâce de Dieu. Par trois fois, l'archevêque l'acclame : « *Vivat rex in aeternum !* » Vive le roi à jamais ! Le *Te Deum* retentit à en fendre les murs de la cathédrale. Mon cœur bat à tout rompre. Des larmes roulent le long de mes joues. Je ne cherche même pas à les retenir. Je me cramponne à mon étendard pour ne point défaillir. Le roi sort sur le parvis sous les vivats de la foule. Les trompettes vrombissent avec majesté. Les cloches carillonnent à toute volée. Je me précipite à ses genoux pour lui rendre hommage : « Ô gentil roi ! Maintenant est fait le plaisir de Dieu, qui voulait que vous fussiez le vrai roi et qu'à vous appartînt le royaume de France ! » Après la cérémonie, j'ai même le bonheur de revoir mes parents qui ont fait le voyage de Domremy. Eux qui m'avaient presque reniée, ils sont fiers à présent de me voir encensée par tant de grands seigneurs. Que de chemin parcouru ! Quel jour béni !

CHAPITRE XIV

8 septembre 1429

Paris

Au lendemain de son sacre, Charles VII entame des négociations de paix avec son cousin, le duc de Bourgogne Philippe le Bon, au grand dam de Jeanne qui entend poursuivre sur sa lancée victorieuse afin de libérer le royaume de France de la présence anglaise au nord de la Loire. L'opiniâtreté de la Pucelle devient embarrassante aux yeux de Charles VII, qui mise sur la voie diplomatique, en cela poussé par Regnault de Chartres et Georges de La Trémoille. Une trêve de quatre mois est signée entre le roi et le duc. Elle exclut tout fait d'armes entre Nogent-sur-Seine et Honfleur. Mais Paris, sous la domination des partisans du duc de Bourgogne, n'est pas concerné par le traité. Jeanne supplie le roi de la laisser partir à la reconquête de la capitale, ce à quoi il finit par consentir du bout des lèvres…

J'ai pris goût aux victoires. Non pas à la guerre – à Dieu ne plaise ! – car on ne saurait se repaître du sang versé, même de celui de l'ennemi. Je veux en découdre avec les Anglais et les bouter tous hors du royaume. Après les prodiges accomplis au printemps, les hommes me croient invincible. Tous veulent suivre ma blanche bannière sur le chemin de la victoire. Tous, sauf le roi qui m'écoute d'une oreille distraite et regimbe comme un cheval craintif devant l'obstacle. Prendrait-il ombrage de mes victoires ? Ce que je crains, moi, c'est qu'il ne se laisse bercer d'illusions par le parti des négociateurs. Inspirés par la fourberie anglaise, les Bourguignons louvoient dans cette trêve, attendant comme des girouettes que le vent tourne avant de se rallier au plus fort. Il n'y a pourtant pas de négociation possible avec les félons car, comme je l'ai écrit au duc de Bourgogne, tous ceux qui guerroient contre le saint royaume de France guerroient contre Jésus, Roi du ciel, mon droiturier et Souverain Seigneur.

Après bien des atermoiements, Charles me laisse partir à la reconquête de Paris, accompagnée par le beau duc d'Alençon, des ducs de Bourbon, de Vendôme et de Laval, de Gilles de Rais, de La Hire et de leurs troupes. Nous repartons enfin au combat. Mon cœur est en joie. Nous établissons notre quartier général à Saint-Denis, le lieu le plus sacré du royaume. C'est là que gisent les dépouilles de nos souverains depuis les temps anciens. C'est là qu'une première chapelle fut construite, à l'initiative de Geneviève de Nanterre, pour abriter dignement les reliques de saint Denis. Brave Geneviève qui, par la ferveur de ses prières, détourna jadis les hordes du barbare Attila. Quelle femme extraordinaire ! Je voudrais être digne de son courage et de sa piété.

Les premiers jours, nous partons en reconnaissance autour des remparts et lançons des escarmouches sur plusieurs portes de la ville. Le grand assaut est prévu sur la porte Saint-Honoré. La veille, je passe la nuit en prière devant l'autel de la Sainte Vierge dans la crypte de l'abbaye de Montmartre, sur le lieu même où saint Denis fut décapité. Je prie le saint patron de la ville pour que les Parisiens rentrent dans l'obéissance. L'Université est un repaire de Français reniés, tous acquis à la cause des Godons et des Bourguignons. Mais je sais qu'il reste des Français loyaux parmi le peuple de Paris. Comme j'aimerais pouvoir entendre avec eux la sainte messe à Notre-Dame le lendemain…

NOUS APPROCHONS DE LA PORTE SAINT-HONORÉ.
LES SOLDATS ANGLAIS ET BOURGUIGNONS RESTENT RETRANCHÉS DERRIÈRE LES REMPARTS.
JE LES SOMME DE RENDRE LA VILLE AU ROI DE FRANCE.
ON M'INSULTE EN GUISE DE RÉPONSE...
JE DÉCIDE DE LES ASSAILLIR JUSQU'AU PIED DE LEURS ÉPAISSES MURAILLES.
SOUDAIN, J'APERÇOIS EN HAUT DU REMPART UN ARBALESTRIER QUI AJUSTE SON TRAIT.
TCHAK

LE CARREAU ME TRAVERSE LA CUISSE.
JE HURLE DE DOULEUR ET D'EFFROI.
JE M'ACCROCHE AU TERRAIN, MAIS JE NE TIENS PLUS DEBOUT.
DES SOLDATS VIENNENT M'ARRACHER DU SOL POUR ME METTRE EN LIEU SÛR.
MAIS JE NE SONGE PAS À LA RETRAITE.
JUSQUE SUR MON LIT DE DOULEUR, JE LES EXHORTE À UN NOUVEL ASSAUT.
MAIS LA NUIT TOMBE. ET L'ARDEUR DES SOLDATS AUSSI.

Paris est mon premier échec. Il suffisait pourtant que le roi parût aux abords des remparts et la ville-chef eût été prise. Hélas, il préfère s'en remettre à ses conseillers pusillanimes plutôt que de reconquérir son royaume. Certains clabaudent que mes victoires n'étaient jusque-là que le fruit de la chance et que je devrais à présent m'effacer. Le roi, si muable, a même interdit tout nouvel assaut, au prétexte que l'argent et les vivres venaient à manquer et que la discorde régnait au sein de son conseil. Pourquoi ne comprend-il pas que mon Conseil est plus sage que celui des coteries et des intrigants de tout poil ? Mon épée de Fierbois s'est brisée dans un élan de colère, tandis que je fustigeais les ribaudes qui traînaillaient dans notre camp. Certains y voient un mauvais présage. Le signe que la « chance » m'a abandonnée. Et je dois bien admettre que l'élan victorieux du printemps s'est enlisé dans un automne fangeux, qui annonce un hiver désastreux. Même mes saintes Voix m'alertent sur un sort funeste. Avant la Saint-Jean, me disent-elles. Je durerai un an, guère plus. Dois-je renoncer ? Non ! Ce serait trahir ma mission. Elle n'est pas achevée. Il faut bien que j'accomplisse mon destin. Notre Rédempteur n'est pas venu sur terre pour jouir, mais pour souffrir.

Je suis contrainte à une retraite vers la Loire. L'armée est dissoute. Je n'ai plus le soutien du roi. Les chefs me quittent. La Hire s'en est allé guerroyer de son côté. Le beau duc d'Alençon monte une expédition en Normandie avec l'espoir de récupérer un jour son duché. Mais le peuple de France, lui, me manifeste encore toute son affection. Partout sur mon passage, il accourt avec une ferveur intacte, pour toucher ma cotte, me demander de bénir des médailles ou m'adjurer de prier avec lui au chevet d'enfants malades. Je m'y prête de bonne grâce, quoique gênée par ces excès de transport sur ma personne. Je prie, Dieu guérit.

Désormais, je conduis ma propre troupe, avec des mercenaires et des volontaires, comme un chef de bande. Je dispose encore d'une maison militaire avec une écurie de coursiers, mon écuyer Jean d'Aulon et un héraut d'armes. Nous tentons vaille que vaille d'arracher des places fortes à des capitaines locaux, en vain. Nous errons en ce début d'hiver qui s'annonce si froid. J'ai beau les implorer, mes Voix se taisent à présent. Je suis livrée à moi-même. Tôt ou tard, je serai prise. Messire Dieu, ne m'abandonnez pas !

CHAPITRE XV

23 mai
1430
Compiègne

L'alliance anglo-bourguignonne, qui tendait à vaciller depuis les succès de Jeanne, se trouve renforcée après la rencontre à Paris entre le puissant cardinal de Winchester et le duc de Bourgogne, Philippe le Bon, le 30 septembre 1429. Les hostilités reprennent ouvertement entre le duc de Bourgogne et le roi de France. Le 15 avril 1430, Philippe le Bon entame le siège de la ville de Compiègne avec son lieutenant Jean II de Luxembourg-Ligny. Les habitants appellent Jeanne à l'aide. Le roi, toujours hésitant sur la conduite à tenir, ne lui apporte pas son soutien. Celle-ci lève alors avec ses propres deniers une troupe de quatre cents mercenaires et se précipite à leur secours sans prendre congé du roi. Le 22 mai 1430, elle entre dans la ville assiégée à la faveur de la nuit. Dès le lendemain, elle commande une sortie pour mesurer les forces de l'ennemi.

L'ENNEMI SE TIENT AU-DEHORS DE LA VILLE, SUR LES COTEAUX.
LE CAPITAINE BOURGUIGNON JEAN DE LUXEMBOURG ET SES GUERRIERS PICARDS CAMPENT D'UN CÔTÉ ET LES ANGLAIS DE L'AUTRE.
IL FAUT ÉVITER DE SE LAISSER PRENDRE EN TENAILLE.
OUTRE MES CHEVALIERS, JE N'AI QU'UNE CINQUANTAINE D'ARBALESTRIERS ET UNE VINGTAINE DE SOLDATS À PIED.
JE VEUX ATTEINDRE LES HAUTEURS EN TOUTE DISCRÉTION, MAIS DÉJÀ DES TROUPES ACCOURENT VERS MOI ET CHARGENT MES SOLDATS.
ILS NOUS GUETTAIENT.
ILS M'ATTENDAIENT.

LES SOLDATS, SANS ATTENDRE MES ORDRES, SE REPLIENT VERS LA CITADELLE À TOUTE ALLURE.
JE N'AI D'AUTRE CHOIX QUE DE LES SUIVRE, MAIS JE SUIS À L'ARRIÈRE.
LES ENNEMIS NOUS TALONNENT.
TANDIS QUE J'ABORDE LES REMPARTS, JE VOIS AVEC HORREUR LE PONT-LEVIS QUI SE LÈVE ET ME LAISSE PRISE AU PIÈGE.
TRÈS VITE, JE ME TROUVE CERNÉE DE TOUTES PARTS. LES BOURGUIGNONS M'ONT RECONNUE.
JE SUIS AUX ABOIS, MAIS JE NE ME RENDRAI PAS.
SUR MON CHEVAL, JE ME DÉBATS.
SOUDAIN, UN ARCHER PICARD M'ATTRAPE PAR MA CASAQUE ET ME JETTE À BAS...

Je suis à terre. C'est fini. Un homme s'approche de moi. Il se présente. C'est le Bâtard de Wandonne, un vassal et frère d'armes de Jean de Luxembourg. C'est un rude guerrier, un fieffé jouteur, porté aux nues par les Bourguignons. Il me toise d'un air satisfait. Ma capture figurera en bonne place parmi ses faits d'armes ! Mon frère, Pierrelot, et mon écuyer, Jean d'Aulon, ont été capturés aussi. J'en suis peinée. Mais ils pourront sans doute espérer leur libération prochaine contre rançon. Mais moi… Je sais bien que mon sort échappera aux lois de la chevalerie. Je suis à la merci de mes ennemis. Que puis-je espérer ?

Le Bâtard de Wandonne m'emmène à Margny, un village proche de Compiègne, sur la rive droite de l'Oise. Le duc de Bourgogne en personne vient me rendre visite, tout de noir vêtu, des chausses au chaperon. Ce duc que l'on dit « bon » vient inspecter sa prise de guerre. Il vient voir cette Pucelle dont ses alliés anglais prononcent le nom avec horreur, celle qu'ils ont promise au bûcher depuis des mois. Il a l'air surpris. Que s'attendait-il à voir ? Une sorcière poussant des cris d'orfraie ? Je vois passer une ombre dans son regard. Lui, le plus puissant duc de Bourgogne, face à moi, Jeanne. Pour prévenir un éventuel coup de main de mes compagnons, il prend la décision de m'éloigner au château de Beaulieu, dans le territoire du Vermandois, et de me laisser sous la garde de son fidèle lieutenant, le seigneur Jean de Luxembourg.

Je songe à ma capture. Que s'est-il passé ? Pourquoi le gouverneur de Compiègne, Guillaume de Flavy, a-t-il fait relever le pont-levis à cet instant, me privant d'un refuge ? Est-ce une trahison ? Pour quel motif ? Je sais bien qu'il est un proche de La Trémoille, chef de file de mes ennemis à la cour, qui voulait donner Compiègne aux Bourguignons. S'agissait-il de se débarrasser de moi ? Je n'ose y croire. Flavy m'a paru sincère et loyal dans sa défense de Compiègne. Son geste fut peut-être dicté par la panique et la confusion, pour le salut de la ville. Je ne le saurai jamais. Je me résous à voir en ma capture le simple cours des choses. Une ligne incontournable tracée dans le grand dessein que le Roi du ciel a conçu pour moi. Les feux de la Saint-Jean seront bientôt allumés. Mes Voix avaient raison. Adieu la liberté ! Adieu mon épée ! Adieu les longues chevauchées ! Je suis captive, oui, mais je suis encore vivante.

CHAPITRE XVI

Août
1430
Évasion

Deux jours après sa capture devant Compiègne, Jeanne est transférée au château de Beaulieu, à une trentaine de kilomètres au nord de la citadelle assiégée. Elle y est traitée avec égard, séjournant dans une salle et non dans un cachot. Sous la pression des Anglais, prêts à payer une forte rançon en vue de la juger, Jean de Luxembourg, vassal du duc de Bourgogne, tient à la garder vivante et en bonne santé. C'est lors de cette première étape de sa captivité que Jeanne tente une première fois de s'évader, faussant compagnie à ses gardiens, qu'elle serait parvenue à enfermer dans la tour. C'est en accédant au chemin de ronde qu'elle se fait remarquer par un portier qui donne l'alerte. La surveillance devient alors plus stricte. Pour plus de sécurité, elle est transférée le 11 juin 1430 au château de Beaurevoir, sur le territoire bourguignon, à environ soixante-dix kilomètres au nord de Compiègne.

Ici, la fuite paraît impossible. Le donjon du château de Beaurevoir s'élève à soixante-dix pieds de haut et les remparts sont entourés de fossés profonds. Enfermée dans une salle sous la toiture d'une tour d'angle, je me morfonds dans la chaleur de l'été. On me donne un peu de linge et deux seaux d'aisance. On m'apporte chaque matin une écuelle de soupe et du pain au froment. On m'autorise, une fois par jour, à monter sur l'aile supérieure afin de prendre l'air vespéral. On ne me laisse jamais seule. Ma tentative d'évasion de Beaulieu a donné des sueurs froides au seigneur Jean de Luxembourg, qui mesure bien tout l'enjeu de sa mission de geôlier. Entre les créneaux, je contemple la campagne. Je regarde en direction de Compiègne. Je m'en veux terriblement de ne plus pouvoir porter secours aux braves gens qui résistent encore.

Et puis, je songe au roi de France… J'avais raison sur cette « paix de Bourgogne », en laquelle il avait tant espéré, par aveuglement ou par lâcheté. Il a été abusé par des trêves dénuées de bonne foi. Il s'est accroché à l'espoir d'une paix chimérique, sacrifiant l'intérêt de son royaume. Mais tout peut encore s'arranger. Il peut se racheter en payant ma rançon. Il me doit bien cela. Je prie pour que ses relations avec le duc de Bourgogne se détendent et que des négociations sur ma libération forment le premier jalon d'une réconciliation. L'affaire est délicate, car j'avais refusé moi-même de libérer contre rançon un cruel routier bourguignon, Franquet d'Arras. Il fallait bien livrer à la justice royale ce méchant homme, qui fut décapité en vertu de ses crimes innombrables. Le duc m'en tient rancune. Mais je tâche de garder espoir.

Les jours et les nuits passent. Charles ne se manifeste pas. Mes Voix se font rares, malgré la ferveur de mes prières. Elles ne me disent pas clairement ce qui m'attend. Ou bien est-ce moi qui ne comprends pas ? Est-ce moi qui feins de ne pas comprendre ? Je ne sais pas. Je ne sais plus… Les Anglais, eux, ne perdent pas de temps et ne tergiversent pas. Dès l'annonce de ma capture, ils adressent des louanges patelines au duc de Bourgogne. Elles sont restées lettre morte jusqu'à maintenant. Mais lorsque j'apprends que de sérieux pourparlers sont entrepris pour que je leur sois vendue, je suis prise de terreur. La panique me prive de sommeil. Il ne me reste qu'à tenter une nouvelle évasion. Mes Voix m'invitent à la prudence, mais je cède à l'appel de la liberté.

L'ÉTROITE FENÊTRE DE LA GEÔLE N'EST PAS GRILLAGÉE. MA TAILLE FINE ME PERMET DE ME HISSER SUR LE REBORD.
J'AI LE VERTIGE.
J'HÉSITE.
JE ME RECOMMANDE À SAINTE CATHERINE.
JE NE CHERCHE PAS À MOURIR. NON. JE VEUX SEULEMENT M'ENFUIR.
JE SAUTE.
SEIGNEUR…
LE SOL SE RAPPROCHE, PUIS PLUS RIEN.
J'AI PERDU CONNAISSANCE.
À MOITIÉ ÉVANOUIE, J'ENTENDS DES GENS CRIER QUE JE SUIS MORTE.
MON DIEU… QU'AI-JE FAIT ?

Je ne suis pas morte. On m'a ramenée dans ma cellule, où je reste étendue sur un grabat, incapable de bouger. Pendant trois jours, mon corps est si endolori que je ne peux ni boire ni manger. J'erre dans les limbes. Plus que mon corps, c'est mon âme qui est meurtrie. Je demande pardon à madame sainte Catherine de lui avoir désobéi. Je sais qu'elle m'a sauvé la vie. Cette chute aurait pu me tuer, mais mon heure n'est pas venue. Sainte Catherine, si bonne, si douce, vient me réconforter, prenant pitié d'une pauvre pécheresse. Elle ne me tient pas grief de mon coup de folie, elle sait ma détresse.

Grâce à Dieu, trois dames viennent adoucir mon quotidien de claustration. Ces trois dames sont toutes des Jeanne. Jeanne de Béthune, sa fille qui a mon âge, Jeanne de Bar, et la comtesse Jeanne de Luxembourg, qui n'est autre que la tante de mon geôlier. Cette dernière, sensible à mon sort, se montre bien bonne avec moi. Elle fait pression sur son neveu pour que je ne sois pas vendue aux Anglais, faute de quoi il sera déshérité de sa grande fortune. Je reprends alors espoir. Tant qu'elle vivra, je vivrai. Elle insiste pour que je reprenne des habits de femme, plus décents, tandis que les Anglais font courir les pires calomnies sur mon compte. Je m'y plie de bonne grâce. En la compagnie de ces bonnes dames, l'intégrité de mon corps n'est pas en danger.

L'automne porte un vent de mauvaises nouvelles qui font vaciller mes espoirs. Une Bretonne, nommée Piéronne, que j'avais rencontrée au début de l'année, a pris publiquement fait et cause pour moi. Cela déplut tant aux Anglais qu'ils la brûlèrent vive sur le parvis de Notre-Dame de Paris. Que Dieu ait son âme. Les requêtes des Anglais se font de plus en plus pressantes. Les louanges font place aux menaces par l'entremise d'un triste sire, monseigneur Cauchon, l'évêque de Beauvais, tout acquis à la cause des Godons, qui agit au mauvais prétexte que je fus capturée sur les terres de son diocèse, quoique françaises. Quand ma protectrice, la vieille comtesse Jeanne, trépasse le 20 novembre, tout s'accélère. Je suis vendue le jour même aux Anglais pour la somme de dix mille livres. Voilà le prix de ma vie. L'évêque Cauchon vient aussitôt s'assurer de ma personne et m'escorter jusqu'au bastion de ses maîtres anglais, Rouen, où l'on m'attend pour un procès de foi. Je suis entre les mains de mes pires ennemis. Je suis anéantie.

CHAPITRE XVII

21 février 1431

Procès

Arrivée à Rouen la veille de Noël 1430, Jeanne est incarcérée dans le château de la cité normande, centre militaire et administratif des territoires anglais au nord de la Loire. Le château abrite également une chapelle royale, où siège le tribunal ecclésiastique chargé de son procès, qui s'ouvre le 9 janvier 1431. Il commence par une enquête préliminaire, établissant les nombreux chefs d'accusation, tous synonymes d'hérésie, considérée comme le plus haut crime au Moyen Âge. Religieux sur la forme, il s'agit pourtant bien sur le fond d'un procès politique. Jeanne est citée à comparaître le 21 février, face à une assemblée d'éminents théologiens. Outre Pierre Cauchon, qui préside le procès, il y a un procureur général, un vice-inquisiteur, des greffiers, une soixantaine de chanoines, abbés et évêques, soit environ cent vingt personnes. Seule, sans avocat, affaiblie par des conditions de détention très éprouvantes, Jeanne leur tient tête et se défend pied à pied.

On m'a sortie de ma cage. En traversant la cour, je suis aveuglée par la lumière du jour. Le vent de l'hiver est cinglant. Mes jambes tremblent dans l'escalier. Le froid. La peur. Les lourdes portes de la chapelle s'ouvrent en grinçant. J'ai un mouvement de recul. Un frisson me parcourt l'échine. Des flambeaux font rougeoyer une lumière qui se perd dans les profondeurs de cet espace qui me paraît immense. Dans le clair-obscur, je vois une masse d'hommes, un alignement de robes sombres et de têtes tonsurées. Je sens le poids de mille regards hostiles qui me scrutent sous toutes les coutures, comme une bête de foire. Je suis enchaînée, comme si cette bête pouvait mordre encore. C'est donc ici que l'on va me juger. On me jauge dans chacun de mes mouvements. On me juge déjà. J'avance à pas lents. Je me sens défaillir.

Je vais m'asseoir sur le petit escabeau que l'on m'indique, seule face à cet aréopage d'éminents prélats venus de l'Université de Paris. Ces hommes sont tous acquis à la cause des Anglais qui ont juré ma perte, à commencer par celui qui préside mon procès, le sinistre évêque Cauchon. Il est leur plus zélé serviteur. Il énumère les choses abominables que l'on me reproche : homicide, sacrilège, mensonge, superstition, blasphème, sorcellerie, déguisement… Que puis-je répondre, moi, l'ignorante, à ces doctes gens déterminés à me confondre ? Je refuse de prêter serment de dire toute la vérité, car j'ignore ce que l'on va me demander, et j'ai déjà prêté serment au Roi du ciel de ne révéler à personne ce qu'Il me chargea de transmettre au seul Charles, mon roi. De ce serment-là, je ne serai jamais parjure, dût-on me couper la tête.

On m'assomme de questions de toutes sortes, même les plus saugrenues, sur mon enfance, sur mes parents et même sur le pape. Des questions anodines cachent souvent des pièges, comme lorsque l'on me demande ce que j'ai fait de ma mandragore, alors que je n'en ai jamais eu ! D'innocentes promenades champêtres à Domremy deviennent des sabbats de sorcière. Mes réponses doivent éviter les embûches et les chausse-trappes. Je n'ai de sagesse que ma simplicité d'esprit. Notre Seigneur Jésus n'a-t-il pas béni le Père « d'avoir caché cela aux sages et aux intelligents et de l'avoir révélé aux tout-petits » ? Sainte Catherine, elle-même, parvint jadis à convaincre les cinquante orateurs de l'empereur romain. Elle m'encourage à répondre hardiment. Alors, les mots me viennent avec évidence et fulgurance.

JEANNE, CROYEZ-VOUS ÊTRE EN ÉTAT DE GRÂCE ?
SI JE N'Y SUIS, DIEU VEUILLE M'Y METTRE.
SI J'Y SUIS, DIEU VEUILLE M'Y TENIR.
NE CROYEZ-VOUS POINT QUE VOUS SOYEZ SUJETTE À L'ÉGLISE QUI EST SUR TERRE ?
OUI.
MAIS DIEU PREMIER SERVI.
ET JE NE SERAI JAMAIS SUJETTE AUX ANGLAIS, COMME LES FRANÇAIS RENIÉS QUE VOUS ÊTES...
INSOLENTE !

PRENEZ GARDE À CE QUE VOUS DITES.
VOUS, PRENEZ GARDE !
VOUS QUI VOUS DITES MON JUGE, CAR UN JOUR, VOUS SEREZ JUGÉ !
OUI, PRENEZ GARDE, CAR IL EST VRAI QUE J'AI REÇU UNE MISSION DE PAR DIEU !
DIEU HAIT-IL LES ANGLAIS ?
DE L'AMOUR OU HAINE QUE DIEU A POUR LES ANGLAIS, JE NE SAIS RIEN.
MAIS JE SAIS QU'ILS SERONT BOUTÉS HORS DE FRANCE, CAR DIEU ENVERRA LA VICTOIRE AUX FRANÇAIS.
JE LE SAIS AUSSI BIEN QUE VOUS ÊTES DEVANT MOI, SIÉGEANT AU TRIBUNAL.
JEANNE, NOUS VOUS SOMMONS DE VOUS SOUMETTRE À L'ÉGLISE POUR LE SALUT DE VOTRE ÂME,
FAUTE DE QUOI ON NE POURRA VOUS ADMINISTRER LES SACREMENTS DE PÉNITENCE !

J'ai beau répondre hardiment, je sens bien que ma défense est vaine face à l'Église militante. Mes juges ne croient pas en ma bonne foi. Ils guettent le moindre faux pas afin de gloser sur mes « dires défectueux ». Les Anglais, eux, trépignent dans les couloirs. Ils s'agacent de ces arguties sans fin. Ils ne conçoivent qu'une seule issue. Il faut que je sois coupable. À travers moi, c'est la légitimité du roi Charles qu'ils ciblent. Ils veulent prouver qu'il doit son trône à une sorcière. Ils veulent prouver que Messire Dieu n'est pas du côté de la France pour que leurs soldats repartent ardemment au combat.

Combien de temps vais-je tenir ? Je suis épuisée. Après chaque séance, je regagne ma prison, où je dois endurer d'autres supplices, de corps et d'esprit. J'ai les jambes attachées par des ceps de fer reliés à une grosse pièce de bois. Pendant mon sommeil, je suis couchée sur une planche, les chevilles entravées. Je suis surveillée en permanence par cinq geôliers anglais, qui m'outragent et qui laissent glisser leurs sales pattes sur mon corps enchaîné. Un soir, ces soudards tentent de me forcer… Je suis terrorisée. Mes hurlements alertent le capitaine du château, qui arrive à temps pour arrêter cette ignominie. Je me sens si vulnérable dans ces habits de femme que l'on me contraint à porter pour espérer communier. Je n'ai pas le droit de sortir. Je n'ai aucun linge de rechange. J'ai peur d'être rongée par la vermine. J'ai froid. Cette tour est si humide. On ne m'apporte qu'un bol de soupe tiède et rance tous les trois jours. Je le repousse parfois, me contentant de mes nourritures célestes. Quand je ne suis pas couchée sur ma planche à fixer le plafond, j'attends un rayon de lumière par une maigre archère. Et parfois, dans l'obscurité, j'en suis réduite à marcher à quatre pattes, comme un animal. Je suis brisée.

Le jeudi après la Pentecôte, j'ai droit à une sortie dont je me serais bien passée. On me conduit dans le cimetière de l'abbaye de Saint-Ouen où deux échafauds sont dressés, l'un pour accueillir la tribune de mes juges, l'autre, pour moi, coiffé d'un bûcher. À la vue du poteau, je suis prise de panique. On va me brûler. Tandis que Cauchon fait lecture de ma condamnation, maître Guillaume Erard m'exhorte à confesser mes crimes et à me repentir sur-le-champ. Il m'assure que je serai alors mise en prison d'Église gardée par des femmes. J'ai si peur. J'en appelle à Sa Sainteté le pape. J'accepte de signer tout ce que l'on veut, pourvu que j'échappe au bûcher. J'abjure tous mes péchés.

JEANNE, VOUS VOUS ÊTES RENDUE COUPABLE DE MENSONGE, D'APOSTASIE, D'HÉRÉSIE, DE DÉGUISEMENT ET DE BLASPHÈME ENVERS DIEU ET SES SAINTS !
CEPENDANT, APRÈS AVOIR ABJURÉ VOS PÉCHÉS, NOUS VOUS DÉLIONS DES LIENS DE L'EXCOMMUNICATION, POURVU QUE VOUS FASSIEZ RETOUR À L'ÉGLISE AVEC UN CŒUR VRAI ET UNE FOI NON FEINTE.
ET, POUR QUE VOUS FASSIEZ SALUTAIRE PÉNITENCE, NOUS VOUS CONDAMNONS À LA PRISON PERPÉTUELLE, AVEC PAIN DE DOULEUR ET EAU DE TRISTESSE, AFIN QUE VOUS Y PLEURIEZ VOS FAUTES ET QUE VOUS N'EN COMMETTIEZ PLUS !

28 mai 1431

Relapse

L'abjuration au cimetière de Saint-Ouen, le 24 mai 1431, permet à Jeanne d'échapper de justesse au feu. Mais personne ne ressort satisfait de ce qui apparaît comme un marché de dupes, encore teinté aujourd'hui de zones d'ombre. La cérémonie s'achève dans la cohue, avec des protestations de la foule, déçue d'être privée du macabre spectacle du bûcher. Les dignitaires anglais sont furieux et accusent les clercs français de trahison. Des soldats leur jettent même des pierres. Quant à Jeanne, qui espérait faire pénitence dans une prison ecclésiastique, elle est renvoyée aussitôt dans une prison séculière sous garde anglaise. Son reniement ne lui apporte rien d'autre que des remords. Elle a dû promettre à l'Église d'obéir en toute chose, notamment de porter des habits de femme.

J'ai trahi. Mon Dieu, j'ai trahi tout ce pour quoi je vis. J'ai trahi mon roi en ternissant l'éclat de son auguste couronne. J'ai trahi les braves Français qui croyaient en moi, tous ceux qui ont risqué leur vie dans le sillage de ma blanche bannière. Plus que tout, j'ai trahi le Roi du ciel qui a placé sa confiance en moi, j'ai trahi saint Michel qui m'a prise sous son aile, sainte Marguerite et sainte Catherine qui me prodiguent de sages conseils depuis le début. J'implore à tous votre pardon. Je suis une misérable. Je me suis reniée par peur du feu, abusée par la promesse de séjourner en prison d'Église, à l'abri de mes tortionnaires anglais. Je n'ai rien gagné. J'ai tout perdu. Sauf la vie. Mais à quoi bon ? Que vaut une vie de déshonneur entre les griffes de mes persécuteurs ? Que vaut une vie qui ploie sous la crainte de la perdre ? « Qui veut sauver sa vie la perdra, mais celui qui perd sa vie à cause de moi la trouvera », dit Notre Seigneur Jésus-Christ dans l'Évangile. En vérité, je me suis damnée pour sauver ma vie. Mais je peux encore œuvrer pour le salut de mon âme. Saint Pierre n'a-t-il pas renié Jésus par trois fois avant de fonder Son Église et de répandre Sa parole jusqu'au martyre ?

Les Anglais, eux, sont pleins de rage. Ils pestent contre mes juges qui leur font perdre leur temps et leur argent. Ils profèrent menaces et insultes aux rares gens d'Église qui ont pitié de moi. Ceux qui viennent à la porte de ma prison m'apporter leur compassion, même discrète, sont chassés avec fracas par les soldats. Je les sens prêts à m'infliger de nouveaux sévices et à porter atteinte à ma pudeur. Ils vocifèrent des obscénités à longueur de journée. Je crains plus que jamais pour ma virginité. Je voudrais reprendre les habits d'homme. Ce n'est pas une cuirasse suffisante contre leurs outrages, mais je me sentirais plus rassurée. Malgré mes chaînes, je reste chef de guerre. On n'a pas tenu la promesse de me libérer des fers et de me laisser entendre la messe. Pourquoi devrais-je me plier aux exigences de l'Église militante qui m'impose de désobéir aux commandements que j'ai reçus de Dieu ? Je veux rester jusqu'au bout insoumise aux ennemis de mon roi. Les Anglais savent bien quel profit ils pourront en tirer. Aussi s'empressent-ils de laisser des habits d'homme à ma portée. Qu'importe leur fourberie ! Il arrive que le diable porte pierre. Qu'il en soit ainsi. J'enfile ces habits. Je dois boire le calice jusqu'à la lie.

CHAPITRE XIX

29 mai
1431
Dernière prière

La reprise des habits d'homme, probablement favorisée par une main anglaise, est l'ultime rebondissement du procès de Jeanne d'Arc. Le jour même, l'évêque Cauchon et le vice-inquisiteur se rendent en personne à la prison pour constater les faits. Jeanne se rétracte, dénonce son abjuration et réaffirme le caractère sacré de sa mission, ce qui est interprété immédiatement comme une « réponse mortelle ». Jugée relapse, c'est-à-dire retombée dans l'hérésie, Jeanne ne peut plus désormais échapper au bûcher. Le 29 mai, on lui annonce qu'elle sera remise au bras séculier le lendemain. Jeanne ne peut retenir ses larmes et ses récriminations à l'égard de Cauchon qu'elle apostrophe en ces termes : « Évêque, je meurs par vous ! » En dépit de son excommunication, ce dernier lui accorde toutefois le droit de se confesser et de communier avec un prêtre, frère Martin Ladvenu, qui l'accompagnera jusqu'au supplice.

Je suis si jeune pour mourir. Je ne désire pas mourir. Non. Je voudrais vivre, mais en conformité avec ce que le Roi du ciel attend de moi. Je dois rester fidèle à ma mission jusqu'au bout. Mon martyre est entré dans l'ordre de cette mission. Je l'accepte, c'est tout. Puisse ma vie, comme ma mort, servir Sa volonté. Mais, mon Dieu, tout de même, qu'il est difficile d'aller à la mort dans la fleur de l'âge tandis que le printemps chante derrière les épaisses murailles de ma prison ! Il faut que je cesse de me plaindre. Il faut que je sèche mes larmes. Courage, Jeannette ! Mes Voix me donnent la force d'accepter mon sort. « Prends tout en gré, ne te chaille pas, tu t'en viendras au royaume de Paradis », me soufflent-elles avec douceur.

Où serai-je ce soir ? Je veux croire que Dieu m'ouvrira grand les portes du paradis. Je veux croire qu'Il prendra pitié de Son humble pastourelle, qu'Il pardonnera mes péchés et me laissera goûter à l'éternelle félicité, en compagnie de mes chères sainte Catherine et sainte Marguerite. Ô saint Michel ! Chef de la milice céleste, saint protecteur du royaume de France, m'accueillerez-vous avec la même bonté que lorsque vous m'êtes apparu pour la première fois dans le jardin de mon père ? Tout cela, je le saurai bientôt. Il me faut endurer encore de grandes souffrances, mais bientôt ce sera l'heure de la délivrance.

Et peu importe ce que l'on dira de moi, ici-bas, après mon trépas. Depuis que j'ai quitté mon village, j'ai entendu toutes sortes de quolibets. On m'a traitée de péronnelle, de folle, de ribaude, de devineresse, de fausse prophétesse, d'hérétique inspirée par le Malin… Oh, je sais bien comme j'ai péché… J'ai aimé la guerre, il est vrai. Mais je n'ai pourtant tué personne de mon épée. Je n'ai fait que porter bien haut ma bannière, là où la France attendait du secours. J'ai simplement montré le chemin. Suis-je allée trop loin ? Me suis-je mise en orgueil ? Ai-je été imprudente ? Difficile d'avoir l'esprit en guerre et l'âme en paix. Je demande pardon pour le mal que j'ai pu causer. Je n'ai rien fait que par le conseil de Dieu et des anges. Tout ce que j'ai fait au monde, ce fut de par Dieu. Certains murmurent que je suis sainte. Une sainte, moi, Jeanne ? Comme je serais présomptueuse d'oser même y songer ! Il me suffit d'être bonne chrétienne. Sainte ou sorcière… Il semble que j'inspire aux hommes les sentiments les plus extrêmes et les plus contradictoires. Qui sait ce que l'on dira demain ? On m'aura vite oubliée…

Français, ne m'oubliez pas ! Quand vous serez en proie au doute ou au désespoir, quand vous traverserez les heures sombres, quand vous serez tentés de croire que tout est perdu, souvenez-vous un peu de moi ! Je me suis si souvent demandé pourquoi le Roi du ciel m'avait choisie, moi, Jeanne, une simple fille de la campagne, une pucelle sans lettres et sans armes, pour sauver le royaume de France en si grand péril ? Il pouvait tout aussi bien envoyer Ses milices célestes soutenir les bras des foudres de guerre. Pourquoi moi ? À présent, je sais, du moins, je crois le savoir. À travers moi, qui ne suis rien, Messire Dieu a fait la démonstration de toute Sa force. Rien n'est impossible au Tout-Puissant. Rien n'est perdu tant que Dieu ne l'a voulu. Il a voulu, semble-t-il, que la victoire vienne non pas des plans de batailles des plus rudes capitaines ou bien des raisonnements des diplomates les plus madrés, mais de sa plus humble servante. La force est venue de ce qui paraissait faible. C'est la foi que j'ai insufflée aux soldats qui nous a donné la victoire. C'est la foi qui a sauvé la France. Voilà ce que j'aimerais que vous reteniez de ma courte vie : lorsque tout semble perdu, c'est par un moyen inattendu que vient le salut.

Français, ne désespérez jamais ! À mon heure dernière, je prie pour vous et pour la France. Puisse mon sacrifice faire que les lys refleurissent ! Qu'il ramène les Français reniés à la fidélité au royaume de Saint Louis. J'ai bon espoir. Je sais, par mes Voix, que notre roi regagnera tout son royaume. Car il accepta de m'en faire don pour que je le remisse symboliquement entre les mains de Dieu. Puis, de même, je le lui ai redonné, au nom de Dieu, pour le rétablir dans son droit sacré. Tel est le juste ordre des choses. Avant sept ans, les Anglais perdront tout en France par une grande victoire que Dieu enverra aux Français. Que nous empêchera-t-il alors de nous réconcilier, Anglais et Français, et d'œuvrer ensemble pour la chrétienté ? Je prie pour la paix entre les hommes de bonne volonté. Je demande pardon pour mes offenses, comme je pardonne à ceux qui m'ont offensée. Je prie pour mes amis. Je prie pour mes ennemis.

Je pleure. Je prie. J'implore la Très Sainte Vierge Marie… J'entends du bruit dans l'escalier. On vient me chercher.

CHAPITRE XX

30 mai
1431
Bûcher

Neuf heures sonnent aux clochers des églises de Rouen lorsque l'on fait sortir Jeanne d'Arc de sa prison, vêtue d'un grand habit de drap soufré et coiffée d'une mitre d'infamie. Escortée d'hommes en armes, elle est conduite jusqu'à la place du Vieux-Marché, dernière étape de son calvaire. La foule est compacte, les habitants sont massés aux fenêtres et jusque sur les toits. Plusieurs centaines de soldats anglais cernent la place, où trois échafauds sont dressés : le premier pour les juges, au centre desquels siège l'évêque Cauchon ; le deuxième pour des hauts prélats et des dignitaires anglais, dont le cardinal Winchester, le comte de Warwick ou le duc de Bedford ; le troisième, d'une effrayante hauteur, en maçonnerie couverte de fagots, pour Jeanne. À sa vue, elle ne peut contenir ses larmes et s'adresse à la foule qui se laisse émouvoir.

L'HEURE DE TIERCE A SONNÉ AU CLOCHER.
C'EST MON HEURE DERNIÈRE.
IL Y A FOULE POUR ME VOIR MOURIR.
TOUS CES REGARDS QUI ME DÉVISAGENT...
CERTAINS AVEC HAINE.
D'AUTRES AVEC PITIÉ.

JE DEMANDE PARDON À TOUS !
PRIEZ POUR MOI !
UN PRÉDICATEUR M'ATTEND AU PIED DU BÛCHER.
IL M'ADMONESTE ENCORE EN CET INSTANT D'ABJURER MES VOIX.
JAMAIS !
CE N'EST PAS MAINTENANT, ALORS QUE JE M'APPRÊTE À FAIRE FACE À MON CRÉATEUR, QUE JE VAIS TRAHIR LA CONFIANCE QU'IL A VOULU PLACER EN MOI.
MES VOIX ÉTAIENT BIEN DE DIEU.
TOUT CE QUE J'AI FAIT, JE L'AI FAIT DU COMMANDEMENT DE DIEU.
GENS D'ÉGLISE, PAR PITIÉ, FAITES-MOI CHACUN L'AUMÔNE D'UNE MESSE POUR LE REPOS DE MON ÂME.

JE VEUX UNE CROIX !
JE VEUX UNE CROIX TOUT PRÈS DE MOI.
ALLEZ QUÉRIR LE GRAND CRUCIFIX DE L'ÉGLISE VOISINE ET PORTEZ-LE BIEN HAUT À MES YEUX AFIN QUE JE MEURE EN CONTEMPLANT LA FIGURE DE NOTRE SEIGNEUR.
ROUEN !
ROUEN !
J'AI GRAND'PEUR QUE TU N'AIES À SOUFFRIR DE MA MORT.

SAINT MICHEL !
SAINTE MARGUERITE !
SAINTE CATHERINE !
JÉSUS !
JÉSUS !
JÉS...

heretique
relapse
apostate
ydolatre

« Et il y eut guerre dans le ciel. Michel et ses anges combattirent contre le dragon. Et le dragon et ses anges combattirent, mais ils ne furent pas les plus forts, et leur place ne fut plus trouvée dans le ciel. Et il fut précipité, le grand dragon, le serpent ancien, appelé le diable et Satan, celui qui séduit toute la terre, il fut précipité sur la terre, et ses anges furent précipités avec lui. »

Apocalypse 12:7-9

VINCENT MOTTEZ

Vincent Mottez est auteur, scénariste et réalisateur, spécialisé dans le domaine de l'histoire, en particulier de la France et de l'Italie, aux XVIIIe et XIXe siècles. Il a écrit deux essais, *Sociétés secrètes, leur véritable rôle dans l'histoire* (2017) et *Les Boucs émissaires de l'histoire* (2019), ainsi que le roman graphique *Moi, Napoléon* (2021). Il a scénarisé deux bandes dessinées, consacrées l'une à Richard Cœur de Lion et l'autre au Prince Noir. Il a réalisé une dizaine de documentaires pour la série *Secrets d'histoire* sur France 3. Il est l'auteur et scénariste du film *Vaincre ou Mourir* (2023).

BRUNO WENNAGEL

Bruno Wennagel est illustrateur et directeur de création pour Unique Heritage Éditions . Diplômé de l'école Estienne, il a cofondé la collection jeunesse Quelle Histoire et créé de nombreux héros jeunesse dans la presse et l'édition. Pour réaliser ses illustrations, il aime puiser ses inspirations aussi bien dans la BD, les comics, l'animation que dans le street art ou bien la pop culture. Après la sortie en mai 2021 de *Moi, Napoléon*, il s'agit ici de son deuxième roman graphique, dans un style sombre qu'il affectionne particulièrement.

Dans la même collection